L'AGNEAU CHASTE

FRANCK VARJAC

L'AGNEAU CHASTE

roman

LITTÉRATURE

ÉDITIONS DE LA DIFFÉRENCE

De toute mon existence, je n'ai embrassé qu'une seule bouche, caressé qu'un seul corps. Pourquoi un garçon de treize ans s'abandonna-t-il si facilement entre les bras d'un homme de trente-deux ? Je l'ignore. Mais je sais, aujourd'hui, que j'ai vécu des moments de bonheur infini, et rien, ni l'exil, ni l'oubli assassin de mes proches, rien ne me fera regretter ces moments d'amour pur. Que connaît-on de la pureté ? Il faut avoir treize ans pour le comprendre.

Des trois enfants Langlade je suis le seul à être né en été, le seul à pouvoir fêter chaque année de plus ici, à la plage, calanque du Gaou.

3 juillet. Ce n'est pas encore la canicule mais la chaleur est déjà violente.

Nous avons quitté la maison de la rue Lamalgue vers dix-sept heures pour avoir moins chaud. Je soufflerai mes treize bougies ce soir. Il y aura nous et les Villeneuve.

Nous, c'est une famille. La mienne. Jean le père, Hélène la mère, Élise la sœur aînée et Marc que j'appelle « p'tit mec ». Treize ans, ce n'est pas un âge important. Je suis le même que l'année dernière, enfin je crois. Je me fiche un peu de cet anniversaire, mais je mesure que c'est du temps qui passe malgré tout.

Les rochers de la calanque font de l'ombre à celui qui veut bien tourner le dos à la mer et au soleil rouge qui disparaîtra dans quelques heures à l'horizon. Longtemps, je reste assis dans le sable presque frais, à l'abri de la roche pour penser à cela, le temps qui passe. Je frotte mes jambes lisses l'une contre l'autre, car je sais que bientôt elles ressembleront à celles de mon père, de tous les pères, et à celles de Marc, déjà. « P'tit mec » que j'observe vivre, à son insu. Il ne sait pas que je le regarde chaque fois qu'il sort de l'eau et qu'il baisse la tête pour examiner le poil noir collé à ses cuisses. Je vois bien qu'il est heureux de constater que les années le transforment. Marc est impatient de devenir adulte. Il ne le dit pas mais tout en lui – le corps, la voix, ses comportements – trahit ce désir de grandir, de croître en muscle et en je ne sais quoi. Je ne comprends pas Marc. « P'tit mec » et moi sommes sur deux rivières différentes. Partis de la même source mais... L'écart de nos âges, peut-être. Hélène, notre mère, dit que ce sont trois années qui nous éloignent l'un de l'autre.

Aujourd'hui tout particulièrement, je devine qu'il faut profiter pleinement de ces jambes, douces et tendres. Je sais que la jeunesse ne dure pas, quelques mois, quelques années qui passent vite, on n'y pense pas, on n'a pas le temps, et puis viennent les métamorphoses. Peut-être que je penserai à tout cela dans très longtemps et que je comprendrai plus fort encore que j'avais raison de le rouler dans le sable, ce corps d'enfant.

Élise est venue avec ses amis, Brigitte et Pierre. Ils sont amoureux et étudient aux Beaux-

Arts avec elle. Marc est accompagné de son ami, Patrick. Tous deux en classe de seconde, ils veulent devenir professeurs de sport. En dehors de l'école, je n'ai pas de camarade. Je n'en veux pas. Après une journée en salle de cours avec trente élèves, des professeurs qu'on n'a pas choisis, les efforts qu'il faut fournir sans arrêt, j'ai besoin de me retrouver seul pour réfléchir, pour rêver aussi, surtout. Je ne suis donc venu avec personne. C'est une réunion en mon honneur mais comme nous serons nombreux on me laissera tranquille et c'est tant mieux.

Jean, mon père, étend des serviettes sur le sable puis range la glacière à l'ombre avec mon gâteau, les bougies, les boissons et le repas du soir. Cela fait des années que mon anniversaire s'organise ainsi. Depuis toujours, je crois. Sauf une fois, pour mes huit ans. C'était à Paris chez les parents de Jean, mes grands-parents. Il faisait froid et le vent ne m'a pas aidé à souffler les bougies. C'était une fête plutôt triste.

Il n'y a que nous sur cette petite plage, encaissée dans une falaise de roches claires. Seuls les gens du pays viennent ici, le plus souvent par la mer, parce que l'accès par la côte est long et pénible à cause de la chaleur. Au bout du chemin l'eau apparaît comme une récompense. Il faut s'empêcher d'y penser pour ne pas courir. Tout à l'heure, Martine et Fabrice Villeneuve arriveront du large, sur leur zodiac. C'est la meilleure façon de venir ici avec un bébé : leur petite fille a neuf mois.

C'est lors des jours d'anniversaire, lorsqu'un seul est fêté par le groupe, qu'on pense le plus à sa famille, à la famille en général. J'en connais quelques-unes, celle de Patrick, de Brigitte aussi. Je croise parfois les parents de l'un ou de l'autre. J'essaie d'imaginer comment ils nous perçoivent, ce qu'ils pensent. Ils doivent se dire que chez nous, les Langlade, c'est tranquille, des gens sans histoire.

Il fait encore très chaud mais la brise s'est levée. Le vent suit le soleil dans sa course. En fin de journée il nous arrive avec un parfum salé. On ne s'ennuie pas à la plage, même en ne faisant rien. Je suis né ici. Pas sur le sable, mais presque. Je crois que je ne pourrais pas vivre loin de la mer.

Nous sommes dans l'eau lorsque les Villeneuve arrivent. Le bruit du zodiac nous parvient d'abord, porté par la brise, puis le bateau surgit entre deux rochers, s'approche lentement à cause du bébé à bord. Tout le monde s'active alors, pour tirer l'embarcation, sortir quelques sacs, prendre le nourrisson pendant que Martine installe ses affaires au milieu des nôtres.

J'aime bien le visage de Martine. Rien d'extraordinaire, mais justement, un équilibre et de belles proportions, comme dirait Élise. Je cherche quelquefois, en la regardant, ce qu'il faudrait enlever ou modifier et je ne trouve pas. Je crois que c'est rare, en fin de compte, l'harmonie d'un visage.

Brigitte, Hélène et Élise sont autour du bébé. C'est toujours comme cela avec les filles, même les plus petites se pressent autour des nouveau-nés, dès qu'elles en voient un. Ce doit être l'instinct.

Il y a longtemps que je n'avais pas vu l'enfant de Martine et de Fabrice. Elle est jolie maintenant, et drôle. Brigitte veut connaître son prénom.

– Pandora, dit Martine.

Ce prénom que j'avais oublié, chacun le répète. Pandora...

– Comme dans le film *Le Hollandais volant*, dit encore Martine.

Oui, j'aurais dû me le rappeler. J'ai vu ce film un soir, très tard, à la télévision et je ne l'ai pas oublié parce qu'il raconte une histoire comme je les aime. Un conte qui pourrait être réel. J'ai besoin de croire que ce qui est inventé peut devenir vrai.

Pandora... Chacun la regarde, à demi nue, assise sur le sable, silencieuse et très belle. Pendant quelques secondes nous imaginons tous qu'elle est la Pandora de la légende.

Puis Fabrice se tourne vers moi alors que je ne m'y attends pas, il me dit en riant que treize ans c'est un âge de bébé mais que je parais plus âgé, quinze ans peut-être... Martine est d'accord avec lui et tous les regards s'arrêtent sur moi, avec des rires. Jean ajoute que pour l'âge mental j'ai dix ans, pas plus !

Il a raison, le corps, il me semble, a pris une légère avance. Une ébauche de musculature remplace les rondeurs enfantines. Il y a une esquisse, une représentation vague de ce que je serai plus tard. « P'tit mec » s'en est aperçu, lui si attentif à ces détails, surtout en ce moment. Si nos âges étaient plus proches, la compétition entre nous serait terrible, je crois. En ce qui le concerne, car moi je m'en fiche. Lorsque j'ai essayé mon nouveau maillot de bain, la semaine dernière, « p'tit mec » s'est approché et m'a dit, avec ironie, « qu'en faisant du sport j'allais être drôlement balaise ». Ce sont ses termes... Tout ce qui est beau, grand, fort ou intelligent, devient dans sa bouche « balaise ».

Il y a longtemps que je ne m'étais pas regardé des pieds à la tête. C'est sur la terrasse, dans la lumière, que la baie vitrée du salon a renvoyé de moi une image nouvelle, étonnante. Depuis ce jour je pense beaucoup aux métamorphoses.

J'ai toujours aimé détailler les visages, de façon anatomique. L'ossature, les muscles, leurs modelés doux, sévères, intelligents, sexuels, violents... À force d'observer, je me suis constitué un musée personnel. Un musée anthropologique. Maintenant ce sont surtout les corps que je regarde. Des silhouettes s'imposent à l'improviste, celles de Marc, de ses copains. De Fabrice aussi.

Élise a terminé sa deuxième année aux Beaux-Arts. Elle n'a pas de projet d'avenir. Elle s'en fiche car ce qu'elle aime c'est dessiner, peindre, sculpter, modeler, mettre de la couleur. Jean prétend qu'elle a un tempérament d'artiste. Je n'aime pas cette expression. Il ne porte pas de jugement, n'émet pas d'avis, si bien que je ne sais jamais ce qu'il pense. Il observe et constate, point final. C'est une attitude de technicien – ce qu'il est. Je pourrais lui dire, pour rire, mais à quoi bon ?

Cette année, Élise a beaucoup travaillé la glaise dans l'entresol de la maison, rue Lamalgue. Je l'ai laissée s'installer, puis quand la terre est arrivée, que les premières formes sont apparues sous ses mains, je suis resté pour la regarder faire. Mais elle n'a pas supporté mes yeux écarquillés et fixés sur son travail. Je comprends. C'est une histoire entre elle et la matière. Je n'ai pas protesté quand elle m'a fait sortir de l'atelier, j'ai seulement regretté d'être privé du spectacle des transformations de l'argile. Brigitte est venue plusieurs après-midi pour poser nue et j'ai réussi, un jour, à observer longtemps, dans l'entrebâillement de la porte, la scène silencieuse. La terre en motte est devenue un corps lisse replié sur lui-même. Plus beau que le modèle, parce que je l'ai vu naître, sous mes yeux. Le soir, Élise était épuisée. Sans rien dire, elle est allée se coucher. J'en ai profité pour descendre à l'entresol, lever le drap humide qui couvrait la sculpture, et je suis resté un long moment à admirer l'ossature et le modelé.

J'ai proposé à Élise de poser pour elle : portrait, nu... Comme elle veut. C'est une ruse pour rester dans l'atelier et la regarder travailler. D'abord, Élise a ri, puis elle a fini par dire « pourquoi pas... ». À la rentrée, en septembre, je lui en reparlerai. Avec mes semblants de muscles, elle sera sûrement intéressée. Enfin, peut-être. J'ai l'impression qu'il faut aller vite si je veux garder dans l'argile la trace de cette image de moi, enfant, car lorsque j'aurais l'âge de Marc il sera trop tard.

Je finis par souffler mes bougies à la nuit tombée. C'est tellement beau ces petites flammes jaunes et bleues alignées, devant nos visages attentifs, le ciel d'encre avec ses étoiles par millions, si lointaines au-dessus de nous. La lune argentée, phosphorescente, brille sur la mer. Vers minuit, l'humidité nous chasse du rivage. Par prudence, Martine et Pandora rentrent en voiture avec les parents, tandis que les enfants embarqués par Fabrice, rejoignent la ville par la mer. Nous restons silencieux tous les six, blottis dans nos pull-overs, face au vent salé et aux embruns, escortés par le bruit du petit moteur qui semble broyer les flots en laissant derrière nous un sillon d'eau battue. J'aimerais tellement sonder les idées de chacun. Que se passe-t-il derrière ces visages fermés que l'inconfort empêche de plonger dans le sommeil ?

Brigitte et Pierre sont l'un contre l'autre, à la proue, leurs traits éclairés par l'éclat de la lune immense. Élise et Marc encadrent Fabrice près du moteur. Marc voudrait tenir la barre, il en rêve, j'en suis certain. Être celui qui déchire la surface de l'eau, celui qui dirige, qui prend en charge l'équipage. Être le capitaine, l'homme.

Au milieu d'eux, je m'interroge, voyage d'une silhouette à une autre. Je tâche de déchiffrer leurs pensées pour oublier ma propre angoisse, chaque fois que nous quittons cette calanque, tous les ans, à mon anniversaire.

Le soleil de midi me chasse de mon lit, couvert de transpiration. Du blues de la nuit, il ne reste rien et je ne fais aucun effort pour en retrouver le souvenir. Fatigué encore, assommé sur le rebord du matelas, je revois treize petites flammes vaciller dans la pénombre bleue. J'entends la guitare de Pierre jouer des airs que je ne connais pas et je me dis que ces images resteront magiques toute ma vie. Il me faudra y repenser souvent, conserver leur intensité comme des braises sous la cendre, ne jamais m'éloigner de leur lumière.

Je songe aux semaines à venir, à ces journées vides de projet qui me porteront dans la chaleur et l'ennui, jusqu'au premier jour d'août. Ce sera alors ma dernière colonie de vacances.

Depuis cinq ans, chaque été, Megève me voit arriver en car, la valise à la main, résigné à l'idée de vivre trente jours en communauté, dans une promiscuité inévitable. C'est la dernière fois. Je me le répète sans cesse pour me donner du courage et je jure que plus jamais je ne retournerai à la montagne que je déteste. Maman a voulu négocier. D'abord elle n'a pas compris qu'on puisse rejeter avec une telle véhémence les « beautés universellement reconnues des sommets en été, ces paysages de carte postale... » Nos affrontements débouchent sur ma capitulation.

Les départs conjugués d'Élise, Marc et moi, sont évidemment organisés pour libérer, un mois par an, le couple Hélène et Jean d'une nichée omniprésente. Je comprends cela. D'ailleurs, moi aussi j'ai besoin de la séparation, de ne plus être sous leur regard, d'oublier leur présence, cela je ne l'ai jamais contesté. Mais pourquoi la montagne, cet enfermement monumental qui prive de la ligne d'horizon, des levers et des couchers du soleil, qui impose l'ombre à seize heures en plein mois d'août et qui... ? Combien de fois ai-je expliqué cela à Hélène, obstinément sourde et rebelle à tout argument hostile à l'altitude ? Papa ne sait rien de ce conflit. Enfin je ne crois pas. En ont-ils parlé, débattu tous les deux ? Devant lui, au moment du départ, je porte le masque de l'exilé, stoïque, recevant sur le front le baiser paternel comme une bénédiction avant la fuite pour des terres lointaines. Mais c'est la dernière fois. Mon obstination et mes arguments, de plus en plus pertinents, de plus en plus affirmés, auront raison de leurs projets autoritaires. L'an prochain, je pourrai choisir ma destination. Privilège réservé cette fois-ci à Élise qui se rend en Angleterre et à Marc qui va dans les Pyrénées, pour un stage omnisports. Canoë, alpinisme et autres activités dont je me désintéresse totalement.

Il me reste juillet, un mois pour profiter de la mer. En disant cela je me rends aussitôt compte que je mens. Pour la première fois de ma vie, la perspective de n'avoir que la plage et ses plaisirs pour occuper mes journées, m'angoisse. Je tourne et retourne cette découverte dans tous les sens. Volontairement reclus dans la maison, j'erre, un livre à la main, du salon où il fait trop chaud, au jardin où il fait tout aussi chaud. Allongé sur une chaise longue, les yeux fermés, je ne pense plus qu'à cela : la Méditerranée, cette année, ne me suffira pas et les jours seront beaucoup trop longs pour les consacrer exclusivement aux plaisirs de la plage. Alors que faire ? Cette question me harcèle, me laisse hagard et visiblement idiot puisque Élise, en me voyant traîner chez nous, s'arrête pour me demander :

– Eh bien quoi, qu'est-ce que tu as ?

Les livres m'aideront peut-être à user le temps, qui s'étire en longueur. Il y a les bouquins des parents, ceux de la bibliothèque municipale qui ne fermera que le mois prochain. Lorsque je serai lassé de lire assis, couché, dans le jardin, sur la plage, dans mon lit, j'écouterai de la musique.

Les Villeneuve ont connu les Langlade il y a quatre ans, lorsque Marc s'est inscrit aux cours de judo donnés par Fabrice. Depuis, ils se voient de loin en loin, toujours le 14 juillet, parce que les Villeneuve habitent la ville haute et que de leur balcon il y a une vue formidable sur la rade. Les jours de mistral, les yeux semblent trop étroits pour contenir le panorama tout entier : les îles lointaines, les bateaux de plaisance, les porte-avions... Pour rien au monde on ne manquerait le feu d'artifice vu d'ici, de leur petite villa accrochée à une pente presque verticale qui ne laisse pas beaucoup de place à la végétation : quelques yuccas au portail, des figues marines qui ne redoutent pas l'air salé et qui rampent sur la roche friable.

Cette année il y a beaucoup de monde. Les nouveaux voisins avec leurs quatre enfants, les amis, la famille... Tellement de gens que mon premier réflexe, en arrivant, est de repérer le coin de l'appartement où je pourrai m'isoler lorsque l'agitation et le brouhaha deviendront insupportables. Je constate que tout repli est impossible. Cela me contrarie. Fabrice semble avoir compris mon désarroi car en riant il me désigne le balcon.

Plus les gens s'agglutinent, plus je me sens seul. Il y a des grillades, des salades de saison, du vin rosé et du rouge. Cela sent bon l'été, les vacances, mais moi j'ai envie de silence. D'ailleurs, si je ne trouve pas un endroit tranquille pour me ressaisir, je crois que je vais me mettre à pleurer. Je me fous du feu d'artifice, « du ciel immense et des milliards d'étoiles tellement proches, qu'on pourrait les toucher de la main ». Je me fous des rires, du bonheur de chacun. C'est pour cela que je me sens si mal ce soir : il me semble que tout m'est devenu indifférent.

Après les gerbes multicolores, les pétarades du spectacle pyrotechnique, Fabrice s'approche de moi. Il est le seul à déceler mon ennui et mon mutisme au milieu des cris, des exclamations et des commentaires en tout genre. Les viandes exciteraient l'appétit des plus rassasiés, mais je n'y touche pas, aux vins non plus. D'habitude, je suis le premier à y goûter. C'est Baptiste, mon grand-père maternel, qui m'a initié et je vois ses yeux briller de fierté chaque fois que je découvre un cru nouveau, tel un connaisseur, prêt à délivrer son verdict.

– Un petit qui connaît les vins ne peut pas faire de bêtises.

C'est la réponse invariable de Baptiste – Provençal de pure souche – à sa fille, quand elle lui reproche mon « initiation alcoolique », comme elle dit.

– Alcoolique ! Boudiou ! Comme tu es excessive !

Je les laisse débattre de ma sobriété et je bois avec gourmandise et parcimonie les cuvées que Baptiste n'oublie jamais de me faire déguster.

– Tu n'as presque rien mangé, ce n'est pas bon ?

La qualité des plats n'est pas en cause, Fabrice le sait très bien. Qui ne voudrait pas de grillades parfumées aux herbes ? Il n'attend pas de réponse. Pas à ce sujet.

– Tu n'as pas l'air de t'amuser !

Les yeux sur l'horizon, je lui dis que l'été qui commence, me semble insurmontable.

– Il faut t'occuper. À ton âge, l'oisiveté ça rend fou.

Comme je ne réponds pas et que je médite sur la folie et l'ennui, il y a un long silence. Façon de parler, parce que Marc et Patrick ont sorti leurs guitares et se mettent à massacrer leurs partitions. Malgré la cacophonie, la voix de Fabrice me parvient sans effort.

– Tu pourrais m'accompagner à la pêche, un de ces jours...

Je réfléchis un moment, avant de dire « pourquoi pas ».

– Je t'appellerai la veille pour te prévenir. Moi je m'occupe de l'organisation.

Puis il quitte le balcon en ébouriffant mes cheveux d'un geste paternel. Je me décide alors à rejoindre l'orchestre déchaîné, le cœur un peu plus léger.

Depuis deux jours je rumine ce projet de pêche. J'imagine la beauté du rivage, les falaises qui plongent dans l'eau, les pins accrochés à la roche, suspendus dans le vide – spectacle dont je ne me lasse jamais. Et puis avec Marc et son copain, équipés de masques, on pourra explorer les fonds et nous révolter une fois de plus des dégâts que provoque la pollution.

Samedi matin je suis au garde-à-vous sur le port de plaisance, à sept heures trente, comme convenu la veille au téléphone. C'est maman qui a décroché.

– Fabrice t'attend demain matin. Il faudra te lever tôt. Je ne savais pas que tu aimais pêcher...

Je me dispense de tout commentaire. J'aurais été bien en peine de justifier un réveil si matinal, et un goût subit pour une activité que je ne pratique jamais.

Fabrice est déjà là, s'affairant autour du zodiac, seul. Le temps de le rejoindre, je me rends compte qu'il n'y aura que lui et moi pour cette sortie en mer. Je ne peux m'empêcher de penser qu'il y a là quelque chose d'insolite. C'est la première fois que je me retrouve en tête à tête avec Fabrice. Il se redresse et m'aperçoit.

– Pas trop dur de se lever si tôt ?

Mais qu'ont-ils donc ?... Et si tout cela n'avait été organisé que pour me sortir du lit plus vite que d'habitude ?

– Fabrice, j'ai rien amené pour la pêche.

– T'inquiète pas, j'ai ce qu'il faut : fil, hameçons, appâts... Tu as de quoi manger au moins ? En guise de réponse je lui montre mon sac à dos qui commence à peser sur mes épaules.

– Pose-le ici, à l'avant, avec mes affaires.

Nous voilà embarqués sur le pneumatique, propulsé par un moteur à deux temps qui me semble bien souffreteux pour nous pousser vers le large et surtout nous ramener à bon port.

Huit heures. La mer et le ciel ne font qu'un – union divine de l'air et de l'eau. Tout a l'éclat des matins purs, avant les bruits et la fureur. Je me reproche de ne pas avoir assez de volonté pour assister chaque jour au lever du soleil. Le régime du zodiac est au plus bas. Pour faire le moins de bruit possible, me dit Fabrice.

Derrière nous, le port s'éloigne lentement, dans une lumière blanche, presque bleutée. Nous nous tenons côte à côte, à la poupe. Nos deux poids font cabrer l'embarcation. Pour la première fois depuis que nous sommes ensemble, je regarde Fabrice vraiment et, du coin de l'œil, je devine son profil blond qui se dessine sur le ciel bleu. Fabrice est beau. Élise a raison de le vouloir pour modèle. Il a trente-deux ans et je me demande ce que je fais ici, au milieu de l'eau, avec mon tee-shirt à rayures de marinero de bazar et mes treize ans. Nous restons près du rivage pour jeter nos fils et nos appâts, le regard accroché au paysage, aux criques turquoises, aux pins et aux maisons blanches nichées dans la roche.

– Qu'aurais-tu fait aujourd'hui, si tu n'étais pas venu ?

– Je ne sais pas. Rien, je crois.

– Ça doit paraître long, des vacances à ne rien faire ?

De temps en temps Fabrice s'inquiète de mon confort. Nous avons rangé nos montres, le soleil donne l'heure et c'est bien ainsi. Au milieu de la matinée, le vent solaire réveille la mer et agite notre bateau.

– Pour boire un coup on sera plus à l'aise là-bas, à l'abri dans cette crique.

Dans une anse d'eau pure et lisse, Fabrice débouche une bouteille de vin rosé.

– Le meilleur moment d'une partie de pêche !

Ce cri du cœur fait rire Fabrice. Un rire qui résonne comme dans une cathédrale. Il pousse alors le cri de Tarzan et je mêle ma voix à la sienne, à l'écho qui ne retentit que pour nous.

Je me sens bien. Je ne sais si c'est le rosé, mais les appréhensions de la veille et du matin ont disparu. Après tout, une journée comme celle-là n'est-elle pas de mon âge ? : bateau, saucisson, vin frais... Nous explorons la crique accessible par la mer seulement, son espace étroit de graviers gris, juste de quoi poser deux serviettes. La chaleur devient vite insupportable, Fabrice retire alors son tee-shirt et son maillot. Complètement nu, il me dit d'en faire autant. Je le regarde entrer dans l'eau lentement, comme ces statues offertes à la mer lors des processions religieuses. À mon tour je quitte mes vêtements pour plonger sous son regard. Je l'ai vu de dos, il me voit venir de face. Les flots sont si purs que j'aperçois les galets sous mes pieds et nos deux corps nus. J'ai vingt ans, trente ans, cent ans... Je ne sais plus et cela n'a aucune importance. Je ferme les yeux et me concentre avec force sur chaque centimètre carré de ma peau. Je n'ai ni chaud ni froid. Le silence serait total sans cette cigale solitaire qui chante quelque part au-dessus de nos têtes, dans un arbre lointain.

Je dois avoir l'air de Bouddha en lévitation, parce que Fabrice me demande ce que je fais. Sa voix très proche me surprend. Il est tellement près de moi que nos épaules se touchent.

– Je médite.

Il sourit. Ses cheveux blonds, mouillés,

paraissent plus foncés. Pour m'imiter il fait la planche, les bras en croix, les paupières closes. J'observe ce que la mer laisse apparaître : son visage couronné de cheveux agités comme des algues, sa poitrine imberbe aux mamelons bruns et fermes, son ventre, ses cuisses au duvet doré, ses orteils qui affleurent de temps en temps, son sexe d'homme. Fabrice me paraît immense et son corps morcelé en pièces éparses comme un puzzle. Nous rejoignons les graviers chauds pour nous sécher. Le soleil est haut maintenant, bientôt ce sera « l'heure des chapeaux », comme dit mémé Lilette, qui ne quitte pas le sien de onze heures jusqu'au coucher du jour.

– Pas question de rentrer sans poisson. De quoi aurait-on l'air ? À deux on devrait pouvoir attraper de quoi préparer une soupe !

Fabrice regarde l'astre brillant qui nous attaque de front.

– Maintenant, la crème protectrice.

Il s'enduit le visage et le torse, puis il me tend le tube d'ambre solaire et se tourne.

– Vas-y.

Je m'exécute. Je suis trop en alerte depuis quelques semaines, pour ne pas m'avouer mon trouble et mon plaisir à caresser ce dos brun et musculeux. Ma main droite se promène où elle veut : sur la nuque, sur les épaules. Comme elle hésite au-dessus des reins, Fabrice m'encourage d'un « mets-en partout ! » Alors j'explore la taille, le haut des hanches où la peau est plus fine et plus douce. Je prends plus de temps qu'il n'en faut, mais Fabrice ne dit rien et attend immobile, la tête inclinée vers l'avant. Je m'arrête un instant, il se retourne.

– À toi maintenant.

Je lui offre à mon tour ce qu'il m'a offert. Sa main d'homme suffit à couvrir une seule de mes épaules et cela me fait sourire.

– C'est bon ?

Fabrice s'attarde entre mes omoplates, touche à une jonction magique qui propage en moi un bien-être total, un relâchement de tous les muscles.

– Tu as le cul blanc, me dit-il en se relevant. Reste comme ça, il prendra des couleurs.

En lui faisant face, j'ai le temps d'apercevoir ce que je n'avais encore jamais vu : un sexe d'homme en érection, une queue brune, deux testicules enflés entre des cuisses ouvertes. Juste une seconde, de façon si nette que je reste figé, le cœur battant.

Fabrice remet son tee-shirt et son maillot. Comme je vais l'imiter il me dit de rester nu. Je ne sais pas pourquoi, mais j'obéis. Je suis incapable de refuser quoi que ce soit.

Il y aura de quoi faire une soupe, peut-être. Pas assez pour un banquet, mais enfin... Au fond du zodiac nos poissons frétillent, asphyxiés par un air trop chaud et sec. J'ignore leurs noms. Fabrice n'est pas plus expert que moi. À treize heures nous rentrons au port, fatigués, le visage brûlé par le soleil malgré la crème. Comme des voleurs se partageant un butin, nous nous répartissons notre prise, à l'ombre d'un chalutier en cale sèche.

– C'était sympa, non ?...

Je ne sais ce qui se cache derrière ces mots, alors je prends le tout : la mer, nous deux, nos silences, les mots échangés, les caresses d'ambre solaire... Et je dis :

– Oui, vraiment sympa.

– Faudra recommencer.

– Oui, il faudra.

On se quitte sans cérémonie. Je me sens épuisé, avide d'ombre et de fraîcheur tandis que je traverse la ville écrasée par la chaleur et la lumière. Entre le port et la rue Lamalgue, il y a la rue de la Mazetière et la maison de mémé Lilette et pépé Baptiste. Je décide de m'arrêter chez eux. Je n'ai pas envie de rentrer à la maison avec mon poisson encore vivant, et surtout mon trouble. J'ai besoin d'un terrain neutre. Dans le quartier, il n'y a pas âme qui vive. À cette heure-là, les touristes sont sur les plages, alignés comme les phoques sur la banquise et les autochtones ont fermé les persiennes pour abriter leur sieste.

Chez les grands-parents, le rez-de-chaussée et l'étage donnent sur la rue, et il y a une cour intérieure. Lorsque j'arrive, Baptiste dort et Lilette est dans la cuisine aux volets clos, un chat sur les genoux, qu'elle brosse avec un vieux peigne.

– Mais tu es tout ensoleillé, toi !

Ses mains fraîches – comment fait-elle ? – me saisissent les joues et ses yeux bruns accrochent les miens pour y trouver une fièvre maligne.

– D'où viens-tu ?

Je lui raconte la matinée, la pêche. Le chat profite d'un moment de relâche pour s'échapper.

– À qui est-il ?

– À personne, c'est une bête sans maison. Je lui donne à manger alors il reste.

Mémé recueille tout ce qui est sans collier et a le ventre creux. Elle est un peu sorcière. Elle sait calmer les brûlures, les insolations, faire disparaître les verrues. Elle connaît aussi les herbes et leurs pouvoirs.

– Ce n'est pas une insolation. C'est un méchant coup de soleil. Quelle idée de s'exposer une journée entière !

Je veux lui montrer mes fesses écarlates, mais une pudeur neuve me retient. Alors, dans la salle de bain, je glisse dans la baignoire emplie d'eau fraîche et là, je somnole, devant le chat-sans-nom debout sur ses pattes arrière qui, du regard, cherche à raccorder mon corps avec ma tête.

– Trop gros pour la friture, trop petit pour le four et pas assez abondant pour une soupe. Mémé a résumé la situation, comme toujours, avec son bon sens aiguisé par les ans.

– Reste la casserole, avec un peu de safran...

Lilette se récite la recette mentalement.

– Tu reviendras chercher ce qui vous fera le repas de ce soir.

Elle s'essuie les mains au tablier qu'elle ne quitte jamais dans sa maison, pour relever une mèche de cheveux gris tombée sur son front.

– Laisse-la, cette mèche, tu es jolie, les cheveux un peu fous.

Mémé se met à rire avec une coquetterie que je lui connais et qui me plaît. Puis elle me sonde de ce regard qui voit tout.

– Tu ressembles à ton pauvre oncle Mathieu, au même âge.

Je vois une ombre glisser dans ses yeux. L'oncle Mathieu, je ne l'ai pas connu, il est mort un an avant ma naissance pendant la guerre d'Algérie.

Je me sens mieux. C'est vrai que cet excès de soleil m'a ébouillanté les idées et le corps. Comme je n'ai toujours pas envie de quitter cette maison, je m'installe à l'ombre du patio, dans une chaise longue à côté du chat qui m'a rejoint.

– Il faut lui trouver un nom à ce félin !

– Pour quoi faire ?

Chez Lilette les animaux n'ont pas de carte d'identité.

– Cette manie qu'ont les hommes de vouloir coller des étiquettes avec un numéro, sur tout ce qu'ils s'imaginent posséder !

Mémé s'assoit avec un cageot de haricots verts à équeuter, et poursuit à mi-voix ses théories sur le monde. Baptiste dit de sa femme, en riant, qu'elle est un « libre penseur ». Je ne sais pas ce que cela veut dire exactement, mais j'aime bien l'association de ces deux mots, et puis c'est une expression qui sied à Lilette comme une robe de printemps à une demoiselle. Je retarde encore le moment de rejoindre la rue Lamalgue, où maman m'assaillira sûrement de questions. Vers seize heures, finalement, je me décide, quand pépé Baptiste redescend du premier étage, un peu hébété par une sieste trop longue.

– C'est moi qui te chasse ?

Sa voix rauque engourdie par le sommeil me fait rire, et je regagne la maison.

Le repas est bon. Je soupçonne Lilette d'avoir ajouté quelques poissons achetés chez son mareyeur. C'est Marc qui a récupéré le plat encore chaud. Moi, je cuve mon soleil comme un ivrogne son vin.

– À la pêche ? Avec Fabrice ?...

Mon frère répète ces mots pour essayer de les assortir, tant cela lui semble étrange.

– Tous les deux à la pêche ?...

– Ben, oui, c'était sympa.

Marc connaît Fabrice en kimono, compagnon épisodique des sorties à la plage, en famille. Fabrice, un hameçon au bout d'une ligne avec David, il a du mal à l'imaginer. Son étonnement ne me surprend pas.

Il n'y a pas d'autres commentaires et chacun comprend, vu mon état de fatigue, les raisons qui me mettent au lit à la fin du dîner. J'espère sombrer dans le sommeil, la fraîcheur et l'obscurité, mais je traverse la nuit la plus longue et la plus pénible de ma vie. Je ne me sens pas fiévreux, pourtant des images répétitives, obsédantes, défilent sans cesse et m'obligent à garder les yeux ouverts. C'est comme la bobine d'un film qui se déroule : Fabrice charge mon sac à dos dans le zodiac, tête baissée, sa chaîne en or rencontre ses lèvres avant de retomber sur sa poitrine. Pourquoi ce détail sans importance aucune me revient-il avec autant d'intensité ? C'est un gros plan de cinéma : l'or sur les lèvres entrouvertes. Puis il y a la partie de pêche, silencieuse. Nous n'entendons que le clapotis des vagues contre le zodiac, puis Fabrice me demande de prendre la barre pour nous éloigner et trouver un endroit plus poissonneux. Ma main prend le relais sur la poignée du moteur et la sienne se pose sur ma cuisse. Suis-je en train de l'inventer ou est-ce vrai ? Je sais que c'est réel. Cela a peut-être duré deux secondes, et à ce moment-là j'ai pensé à autre chose : diriger le bateau, maîtriser l'accélération... Ce soir, je ne vois que cette main d'adulte : le duvet blond sur la peau ambrée, mes jambes d'enfant... Les images se bousculent : Fabrice qui retire son tee-shirt, debout, les bras en l'air. Le tissu masque son visage et le découvre brusquement. Fabrice nu. La chaîne en or, encore, qui glisse de l'encolure, les muscles étirés, le duvet de ses aisselles...

Sur mon lit, libéré du drap, les bras en croix, les yeux rivés au plafond dans l'obscurité, j'ai l'impression d'être cloué à une planche et de devoir visionner, encore et encore, indéfiniment, comme une torture, les mêmes séquences, répétées, grossies, amplifiées. La poitrine de Fabrice est là, à quelques centimètres de mon visage, je distingue le grain de sa peau et les gouttes d'eau qui perlent.

Le supplice dure toute la nuit. Dans la maison silencieuse et endormie je lutte contre des images qui me submergent, contre un visage et un prénom qui me harcèlent : Fabrice. Je me lève pour faire quelques pas jusqu'à la fenêtre entrouverte. Une mobylette passe dans la rue. Le bruit du moteur se prolonge longtemps dans l'obscurité. Jusqu'au lever du jour, pendant cette longue traversée nocturne, je regarde en face mon trouble, mon désir et ma peur. À travers les volets filtre une douce lumière rose. C'est l'aube. Épuisé, je trouve enfin le sommeil.

En quittant Fabrice, j'avais pensé « quelle journée formidable ! » Dans la ville silencieuse, je me revois soupirer de satisfaction. Chez les grands-parents j'ai eu le temps de calmer le trop-plein de chaleur. Tout cela, à mon insu, préparait la nuit. En m'endormant je voulais fuir des sensations trop fortes et voilà qu'elles éclatent violemment, comme un projecteur énorme, aveuglant. Assiégé par surprise, je n'ai pas su me défendre et empêcher des sentiments inconnus de m'envahir. J'y pense encore lorsque maman entre dans ma chambre pour me rappeler qu'il est midi et qu'il faudrait penser à quitter le lit et manger quelque chose. Jamais la chaleur n'a été aussi pesante et la lumière aussi blanche, mais je me sens noir, ténébreux, empli de craintes, de hontes, de recoins inconnus où naissent des désirs et des dégoûts. J'étouffe et je compte les jours qui restent avant mon départ pour la montagne. Oui. Changer d'air pour ne penser à rien. Ne plus voir la mer qui me ramène sans cesse à Fabrice.

18 juillet. Dix jours que je traîne mon ombre comme un boulet. Marc a résumé la situation en me faisant remarquer que j'ai l'air de « salement m'emmerder ! » C'est bien pire. Je me sens malade. J'ai pris ma température : 37,2°. Normal. Pourtant, j'ai une impression de fièvre. J'ai tendu les mains devant moi à plusieurs reprises, pour vérifier si mes tremblements sont imaginaires ou réels. Dix jours que je fuis tout regard insistant. Par chance, à la maison chacun est occupé. Marc ne rentre que le soir, Élise découche une nuit sur deux, maman occupe ses après-midi à un stage de plongée sous-marine et papa travaille encore jusqu'à la fin du mois. Je reste la plupart du temps seul, à me fuir d'une pièce à l'autre.

Lorsque Lilette est venue sonner au portail, hier après-midi, je n'ai pas répondu. Surtout pas Lilette ! D'un seul coup d'œil, sans poser de questions, elle aurait tout vu, tout compris et tel un voleur pris sur le fait, je n'aurais pas pu éviter d'avouer mes tourments, à genoux comme un repentant. Alors je suis resté immobile à attendre son départ. Le soleil de la rue Lamalgue l'a vite découragée. Qu'elle me pardonne ma pauvre Lilette, mais je me sens fragile et incapable de résister.

Il est quatorze heures, maman vient de partir. Le téléphone sonne, je décroche.

– David ?

– Oui.

– Ça tombe bien, je voulais te parler.

Je reconnais la voix de Fabrice et je reste figé, incapable de penser.

– J'ai sorti le zodiac, ça te dirait une balade comme l'autre jour ?

Je ne veux pas. Quelque chose en moi me signale un danger. Une petite alarme, un voyant lumineux qui s'affole brusquement.

– La mer est superbe et il n'y a pas un brin de vent.

Je sens mon cœur heurter ma poitrine et j'ai peur. Oui, j'ai peur. Je ne veux pas y aller, c'est hors de question, pourtant je m'entends répondre :

– Oui, pourquoi pas...

Fabrice a raccroché. Je ne sais plus ce qu'il a dit exactement. Je comprends qu'il vient me chercher. En reposant le combiné, je m'aperçois que mes mains sont glacées et humides. Dans la salle de bain, où je m'asperge d'eau, je vois dans le miroir le reflet d'un visage pâle, ahuri. J'ouvre le portail et Fabrice est devant moi. Je l'ai attendu une demi-heure, désœuvré, ou plus précisément dans l'incapacité d'entreprendre quoi que ce soit.

– Tu étais occupé ?

– Non.

– Alors tant mieux ! Cette fois-ci, on restera moins longtemps en mer. La dernière fois je suis rentré avec des coups de soleil. J'ai même cru à une insolation.

– Moi aussi. J'étais pas très bien. Je suis allé me coucher de bonne heure.

La voiture roule vers le port, le zodiac en remorque. Fabrice, à côté de moi, est silencieux. Il porte un tee-shirt blanc et ses jambes sont nues. Il est déjà en maillot de bain. Je n'ose pas tourner la tête mais je discerne ses cuisses brunes, ouvertes, et son slip noir qui lui colle à la peau. Fabrice conduit les pieds nus.

– J'adore conduire sans chaussures.

Il doit épier mon regard, alors je me tourne vers la fenêtre. Nous rejoignons l'endroit de notre premier rendez-vous. Il n'y a personne excepté deux plaisanciers qui s'affairent autour de leur bateau.

Fabrice me désigne ses provisions.

– J'ai de l'eau et des fruits.

– Je n'ai pensé à rien.

Fabrice sourit : « C'est pas grave, j'en ai pour trois. »

Par bonheur, il n'est pas très bavard et ne pose pas trop de questions, parce que moi je n'arrive pas à parler.

Lentement notre bateau s'éloigne du quai. Il y a dix jours à peine nous exécutions les mêmes gestes. Je prends brusquement conscience que je ne porte pas de maillot sous mon short et que mon tee-shirt est trop épais pour une promenade en mer. Je voudrais me gifler, me secouer pour me débarrasser de cette peur qui me tenaille l'estomac.

Même trajet que la dernière fois, on bifurque vers l'est, accompagnés du bruit du moteur et de quelques vagues. Après un long silence, nos regards se croisent. Un clin d'œil, un sourire bref.

– Il fait moins chaud que l'autre jour.

Je ne réponds pas. Nous finissons par repérer un endroit.

– On devrait s'installer là-bas.

Je suis la direction de son bras blond et j'aperçois une avancée rocheuse près d'une crique minuscule, un simple banc de sable. Fabrice amarre le zodiac. Dans une sacoche il y a le fil, les hameçons, les appâts.

Que suis-je venu faire ici ? Je n'ai aucune envie de pêcher et la perspective de rester à la pointe de ce rocher, telle une figure de proue, pendant tout l'après-midi, me donne la nausée. Fabrice est debout à côté de moi, les mains sur les hanches. Silencieux, il regarde l'horizon. Je suis certain qu'il n'a pas envie de pêcher. Il retire son maillot de bain et son tee-shirt. Sans me regarder il me dit d'en faire autant. Je m'exécute, avec maladresse. J'ai du mal à tenir sur une seule jambe parce que je tremble un peu. Le soleil inonde mon corps tout entier, pourtant je frissonne. Fabrice va et vient sur l'étroite bordure de sable. Je ne sais que dire. Le silence devient insupportable et j'ai maintenant la certitude qu'il ne sera pas question de pêche. Puis Fabrice profite d'un moment où je me trouve face à lui pour me fixer dans les yeux et contempler furtivement ma nudité. Il est pâle, troublé, mal à l'aise comme un enfant sur le point d'avouer son méfait. Il s'approche de moi. Je vois son cou, ses épaules, le duvet de sa poitrine et la chaîne en or. Ce sont les images de mon rêve qui reviennent. Mon regard se disperse sur son corps qui me semble immense.

Fabrice cherche une réponse sur mon visage. Comme je reste là, sans bouger, il tend une main tremblante vers ma joue. Oui, tremblante... Fabrice a peur. Moi, je suis pétrifié par un désir que je sens grandir lentement. Sa main chaude et douce est sur ma nuque, parcourt mes épaules, redescend le long de mon bras et s'accroche à ma main pour l'étreindre.

Lorsque j'ouvre les yeux, son visage est près du mien. Je reçois sa respiration haletante, puis ses lèvres sur ma bouche et ses baisers frais, humides, me parcourent le corps. Comme épuisé par ce premier effort, Fabrice, à genoux, s'écarte un peu. Je vois ses cuisses ouvertes et son sexe dressé qui m'attire. Ces baisers sont les plus beaux cadeaux que j'aie jamais reçus. Je me blottis contre sa poitrine et je l'enlace de mes bras et de mes jambes.

Nous passons l'après-midi, sur ce banc de sable, à nous aimer. Pour la première fois un visage rencontre le mien et je découvre la sensation enivrante de posséder entre mes lèvres une bouche étrangère, palpitante. Fabrice a exploré tout mon corps de sa langue, de ses mains, avec une douceur infinie. On ne se parle plus. Quelquefois il me murmure « n'aie pas peur, je t'aime ». Il ne veut rien forcer, ni brusquer parce que, pour moi, c'est la première fois. Mais je vois bien qu'il brûle de jouir. Il tremble, et je recueille ses soupirs, ses caresses, ses mots d'amour comme d'inestimables trésors. Je n'ai plus treize ans. Je suis un être immatériel aux pouvoirs immenses. Dans mes bras il y a un homme de trente-deux ans, abandonné et vulnérable. À mon tour, sans retenue aucune, j'explore ce corps d'adulte. Fabrice s'allonge, bras et jambes ouverts. Il me regarde respirer son duvet blond, boire l'eau et le sel de sa peau, et quand ses yeux croisent les miens, je découvre le regard perdu d'un homme qui m'appartient.

– Doucement !...

Il sourit et me dit avec tendresse qu'il ne veut pas jouir tout de suite, mais avec moi, ensemble. Il guide alors ma bouche vers sa verge et comme tout en moi est dilaté, excité, je lui dis que je ne peux plus attendre. Nos corps sont étroitement serrés, soudés l'un à l'autre et nos sexes se libèrent, inondant nos ventres. En criant, en geignant dans son cou, j'ai le temps de voir ma main de treize ans, minuscule, agrippée à sa nuque blonde. Nous restons l'un contre l'autre, un très long moment, pour reprendre notre souffle. Enfin, sans un mot, en nous regardant furtivement nous remontons dans le zodiac pour rejoindre le port. Fabrice hésite un peu avant de s'éloigner vers sa voiture.

– C'était merveilleux.

Il tend vers moi une main qu'il laisse aussitôt retomber.

– Non, ici, je ne peux plus te toucher.

Je marche comme un robot à travers les rues, jusqu'à la maison. Je sais qu'elle est encore vide et c'est tant mieux. Je vais avoir le temps de me reconstruire un visage ordinaire, et de décider du seul mensonge possible ; je suis resté dans ma chambre tout l'après-midi à lire. Rien d'autre.

Repas en famille. Maman raconte ses plongées sous-marines, mais personne ne l'écoute vraiment. Je ne sais à quoi Élise et Marc ont occupé leur temps et cela m'indiffère. À la fin du dîner, maman me dit que j'ai l'air bizarre. Marc s'empresse d'ajouter que j'ai « l'air bête. Nuance ! » Je n'ai pas desserré les dents depuis mon retour de la pêche. Je n'ai même pas eu à mentir.

Élise me voit lire sur mon lit, il est vingt heures.

– Tu es déjà couché ?

Après cette question qui n'attend pas de réponse, elle ferme la porte de ma chambre et c'est le calme absolu. Je soupire comme si j'avais gagné une bataille épuisante, la première avant beaucoup d'autres à venir.

Deux heures du matin. Je n'ai pas fermé les volets et la lune jaune éclaire la pièce. La maison est plongée dans le silence du sommeil. J'ai dormi profondément, sans rêves et sans agitation, mais ma nuit est terminée, cela ne fait aucun doute. Alors, sur la pointe des pieds, je gagne le jardin. Fifi, le chat roux des voisins, s'est installé sur la table, les pattes repliées sous son ventre. Il veille, aux aguets, orientant vers le ciel et les fourrés ses oreilles de chasseur nocturne.

Au fond, il y a un mûrier. C'est dans l'obscurité plus noire de son feuillage brillant que je m'assieds.

Quel calme et quelle immobilité comparés à la tempête qui est au fond de moi ! J'entoure de mes bras mes jambes repliées. En face, il y a la maison. Je peux tout observer alors que je suis parfaitement invisible. Fifi vient de bondir de la table afin de pourchasser une proie, réelle ou imaginaire. Je suis seul. Seul avec mon après-midi secret, avec les mots de Fabrice, ses caresses, avec le goût de sa peau sur mes lèvres. Je ne me suis pas douché, et je cherche au creux de mon épaule, une trace, une odeur. Mon corps exhale les senteurs de l'effort, du plaisir et de la jouissance. Je revois sans cesse la même image : ma main d'enfant sur son épaule d'adulte. La disproportion insolite. J'entends nos cris, les gémissements de deux garçons. Puis-je m'avouer ce que j'ai osé faire ? Puis-je nommer ce que je suis devenu ? Je suis incapable de retenir mes larmes plus longtemps. La honte, le dégoût, mêlés au désir de recommencer, m'étourdissent. Des scènes me reviennent en mémoire d'un homme ordinaire évoluant au milieu des siens. À trente-deux ans on sait mentir, jouer la comédie, mais moi !... Comment vais-je faire ? Le silence sera ma force, ne rien dire, ni trahir, jamais. En face de moi une famille dort profondément, quatre étrangers, déjà.

Dans quelques heures le soleil inondera le jardin d'une lumière blanche, aveuglante, mais en moi subsisteront l'ombre et le mystère. Est-ce ainsi que l'on quitte l'enfance, avec un secret au fond de soi ?

Deux taches de phosphore dans la nuit, des cris minuscules, c'est Fifi qui s'approche tenant dans sa gueule une souris grise qui se débat encore. Il vient me montrer son trophée, très fier, avec des miaulements rauques et guerriers. Je me saisis de la victime engluée de salive mais intacte et je la relâche à l'insu de Fifi qui tourne sur lui-même, le museau dans l'herbe, gémissant, pestant contre son étourderie. Il n'a rien compris, rien vu. Cette nuit, le prisonnier, c'est moi... Alors pas de sang, pas de jeu cruel, pas de mort. Le rongeur est libre et vivant, à lui de se débrouiller maintenant. Je rejoins ma chambre le cœur lourd, dans la maison devenue inhospitalière. Je me sens grandi par mon secret, l'avantage de celui qui sait sur l'ignorant. Rien n'a changé dans cette demeure, excepté moi.

S'ils venaient à savoir ? J'ai eu le temps d'y penser cette nuit. La réaction de Marc d'abord :

le dégoût, sûrement. Oui, c'est cela, l'écœurement puis les insultes, une ironie mordante, assassine. Je le range d'autorité parmi les ennemis potentiels. Ce matin il me propose de l'accompagner chez son copain Patrick et je m'en veux de lui prêter d'aussi mauvais sentiments. Et Élise, quelle attitude aurait-elle ? Je ne sais pas. Je n'arrive pas à imaginer. La surprise et puis l'indifférence, peut-être. De mes parents, je conçois le pire. Le drame, le scandale. Les coups de téléphone, la dénonciation, un procès pour détournement de mineur. Ou alors le silence. Plus terrible encore : le rejet définitif. Je vois déjà mon père, outré. L'indignation comme une écharpe, derrière laquelle on se disssimule, et le fils à jamais oublié.

– Alors, tu viens ?

Dernière sommation de Marc avant mon refus. Pas du genre à insister le grand frère. Il a rempli son devoir en invitant le cadet à une de ses escapades. Maman a assisté à la scène. La famille est en ordre, parfaite, chacun sait y jouer le rôle qui lui revient.

– C'est dégoûtant ! s'écrie Élise depuis la terrasse. Encore un coup du chat des voisins.

Maman s'inquiète vaguement.

– Quoi donc ?

Pour toute réponse, Élise agite sous nos yeux une souris décapitée, qu'elle tient par la queue. Je suis le seul à frissonner et à reconnaître un mauvais présage. Pas question de se laisser bouffer. Jamais. Je referme mes lèvres sur la dernière gorgée de café au lait. Se taire. Mentir. Des années d'hypocrisie en perspective.

Dans quatre jours je pars pour la Savoie. En fait, je suis impatient. M'éloigner de la mer et de tout ce qui s'y rattache, désormais. M'éloigner de ma famille, de leurs regards, de leurs questions. Fuir la tentation, oui, surtout cela. Cette échéance me permettra de tenir.

1er août. Deux cars nous attendent, place des Lices. Un sac de toile avec quelques vêtements pour le froid et pour la chaleur. Va savoir avec la montagne ! La température change tout le temps. Maman me dépose en voiture, il est huit heures. Elle repart immédiatement pour faire ses courses et pour un rendez-vous chez le médecin.

Deux véhicules qui se remplissent d'enfants de dix à quinze ans, cela fait du bruit et beaucoup d'agitation. Sans joie aucune, je reconnais les moniteurs de l'année dernière, les camarades d'école. Je suis partagé entre l'indifférence et le soulagement. En tout cas c'est la dernière fois que je fais ce voyage. J'aurais aimé éviter les randonnées, les feux de camp, les dortoirs, les coups de gueule et toutes ces heures à partager en groupe, mais je n'ai pas le choix. Handicap de l'âge. Ce sera un mois de réflexion.

Demain, Marc s'en va dans les Pyrénées avec

Patrick et son père qui les conduit en voiture. Sports au programme, plaisirs dont je me désintéresse. Marc est impatient d'être un autre, ailleurs, plus loin. Toujours à l'étroit dans des vêtements pourtant de son âge. Qu'il aille cultiver ses muscles, se faire un corps d'adulte sur les sommets, dans les torrents ! Qu'il s'épuise dans toutes ces activités, puisqu'il n'a que cela en tête. L'année prochaine, moi aussi je choisirai ma destination. D'ici là, j'ai le temps d'y réfléchir. Élise partira dans une semaine pour l'Angleterre. Elle est bien capable de tomber amoureuse d'un Anglais et de le ramener à la maison. J'imagine la tête de notre père ! Non, en fait, je ne l'imagine pas. Même quand il est en face de moi, j'ai du mal à le voir. Je croise des yeux qui ne me regardent pas, j'entends des mots qui ne sont jamais pour moi.

Après deux heures de route, je m'endors, avec quelques autres. Dans mon rêve, il y a des Anglais boutonneux qui envahissent la Savoie et les Pyrénées. Des hordes sauvages de ridicules adolescents en jeans. Marc se défend à coups d'aviron, de cordes d'escalade. Les filles, terrorisées, se sont regroupées dans un château. Élise et son amie Brigitte prennent des photos des combats en s'écriant : « C'est merveilleux, *marvellous* ! » Maman est en mer, avec son moniteur de plongée, pour explorer les fonds. Elle ne sait rien de ce qui se passe à terre. Finalement ce sont des tonnes de souris déchiquetées, déversées par des pelleteuses, qui feront fuir l'ennemi. L'Angleterre a perdu. Marc reçoit une médaille énorme et papa lui tape sur l'épaule en murmurant : « *God save the queen* ! » J'ai rarement fait un rêve aussi con !

Le temps s'est accéléré depuis dix jours. Je suis à nouveau sur les bancs de l'école. Mêmes professeurs et mêmes élèves.

Durant ce mois en montagne où j'ai eu droit à tout ce que je redoutais, mes pensées sont allées chaque jour vers la petite plage. Ai-je vraiment vécu cela ?

L'année dernière un directeur de colonie a été renvoyé pour acte de pédophilie sur un jeune garçon. L'été suivant tout le monde en parlait encore. Silencieusement j'ai écouté les réactions de notre petit groupe : rires gras, mépris, violence aussi. Une meute aux dents neuves et meurtrières. Le 2 septembre maman m'attendait place des Lices. « Tu as grossi, pris des couleurs... » Évidemment. En arrivant rue Lamalgue, je l'ai retenue par le bras :

– C'est la dernière fois que je vais jouer aux scouts dans cette putain de montagne !

Pas de réponse. D'ailleurs c'était une déclaration qui n'appelait aucune discussion. Je suis certain qu'elle a compris ma détermination.

Marc est en première, Élise en deuxième année aux Beaux-Arts et moi en quatrième. Chacun suit son « petit bonhomme de chemin ». Aujourd'hui, dimanche, la famille est réunie. Cela veut dire que les grands-parents sont avec nous. Papa en profite pour annoncer qu'il partira à la fin du mois en URSS. Une usine sidérurgique à construire. Un contrat de huit mois.

– Huit mois ! C'est Lilette qui s'étonne. Ça fait toute l'année scolaire !

Mémé compte sur ses doigts.

– Tu ne seras pas là pour le baccalauréat de Marc ?

Papa se tourne vers l'aîné de ses fils. Il avait oublié. Qu'il ne raconte pas d'histoire, cela se voit sur son visage.

– Bien sûr que si, on sera ensemble pour boire le champagne !

Mémé profite de l'absence momentanée de son gendre pour murmurer entre ses dents : « Partir au loin, si longtemps, quand on a trois petits à la maison !... »

– Mais maman, ils sont grands maintenant et puis je sais me débrouiller toute seule.

Hélène reçoit pour toute réponse le silence de sa mère, son regard qui voit en perspective dans le temps. L'esprit de Lilette relie des événements présents à des conséquences futures, elle a des intuitions mais elle préfère se taire et lever les mains en signe de résignation.

Dernière semaine de septembre. Marc me transmet une proposition de la part de Fabrice : m'inscrire au club de judo. Ils se sont vus avant-hier.

– Mais je croyais que tu arrêtais cette discipline ?

– C'est vrai, j'arrête, je peux pas tout faire. L'athlétisme me prendra trop de temps. Ça t'intéresse le judo ? J'ai trouvé bizarre qu'il ait pensé à toi...

Marc connaît mon peu de goût pour le sport. La proposition de Fabrice me surprend mais je devine aussitôt ce qu'elle cache. Je bredouille quelques mots.

– On en a parlé cet été. Pourquoi ne pas essayer...

Marc a le regard hostile du propriétaire qui découvre un étranger sur son terrain.

– Si ça t'intéresse, faudra passer un mercredi après-midi à la salle d'entraînement, pour en discuter avec lui.

Message transmis, message reçu. Tant et si bien que je n'en dors pas de la nuit, torturé à nouveau par le désir et la crainte. Je m'imagine en face de Fabrice, dans mes baskets d'écolier... Je vois son regard, celui de la petite plage. S'il me regarde ainsi, je ne pourrai rien lui refuser. Jusqu'où cela va-t-il me mener ? Des heures sans sommeil pour y penser et pas de réponse.

Au petit déjeuner la radio nous accompagne. Maman ne veut écouter que France Culture. Pour les réveils toniques, je ne connais rien de pire. Le nez dans mon bol de café au lait, contraint, j'entends un écrivain parler du principe de réalité opposé au principe de plaisir, les théories freudiennes... L'auteur ajoute qu'une société n'a pas le droit de s'opposer au plaisir d'un seul, s'il ne nuit pas à l'ensemble du groupe, et qu'il y a même danger à interdire les jouissances individuelles, etc. Pas le temps d'en apprendre davantage, nous sommes en retard, comme d'habitude. Ces phrases perçues trop rapidement me trottent dans la tête toute la journée. Des idées simples que je superpose à mes préoccupations.

Revoir Fabrice pour le plaisir, recommencer ce qui nous a rendus heureux. Personne n'en saura rien. À qui cela pourrait-il nuire ? Je suis certain que le monde entier se fiche de savoir ce que Fabrice et moi faisons ensemble. Je veux bien jouer la comédie de l'apprenti judoka, rien que pour le bonheur d'être avec lui.

Mercredi après-midi, je mange à la cantine puis me rends directement à la salle de gym. Quatorze heures. Les cours n'ont pas commencé, mais le secrétariat est ouvert. Il est là. Jeans et tee-shirt. Je me retrouve dans son bureau dont il ferme la porte derrière moi.

– Assieds-toi.

J'occupe la chaise en face de la sienne. Une table nous sépare. Tant mieux. On se regarde. Lui surtout, moi, je n'ose pas.

– C'est une bonne idée, n'est-ce pas ? Je ne vois pas comment faire autrement si on veut se revoir. Si tu le veux ?

Il a planté ses yeux bleus dans les miens et dans ce regard-là il y a de l'appréhension. Il redoute ma réponse. Fabrice se demande si j'ai bien compris ses plans. Je laisse planer le silence. De moi dépend maintenant son bonheur ou son malheur. Je mesure soudain mon pouvoir mais mon cœur s'attendrit. Je ne veux pas le faire souffrir.

– Je me fous du judo. J'y connais rien. Mais je veux te retrouver.

Fabrice ne crie pas de joie, impossible, il y a du monde autour de nous, dans les salles d'entraînement. L'espace d'une seconde, le plus grand des bonheurs illumine ses traits, mais il se ressaisit aussitôt. On n'a pas trente-deux ans pour rien. Fabrice se lève. Moi aussi. J'ai le cœur qui bat la chamade. Il me paraît immense. Nous restons silencieux, je ne sais combien de temps. J'ai envie de glisser ma main dans ses cheveux et ma tête dans son cou, là où la peau est si douce. Fabrice frissonne, jette un rapide coup d'œil sur la porte puis pose un baiser sur ma bouche. Il tremble et fait un effort énorme pour se contenir. Heureusement car je ne pourrais pas résister. Impossible de penser aux autres lorsque je suis avec lui. Il n'y a que nous dans ce bureau et sur cette terre. J'aimerais m'abandonner. Faire les mêmes gestes que cet été sur la petite plage, parce que je ne pense qu'à mon bonheur immédiat.

– Il faudra t'acheter un kimono. Tu as envie d'apprendre un peu, quand même ?

– Non, pas du tout. Je crois que ce n'est pas une bonne idée.

– Qu'est-ce qui n'est pas une bonne idée ?

– Ces cours de judo.

Je suis si près de lui que j'entends son soupir de soulagement. L'idée que je regrette déjà nos rendez-vous à venir lui a traversé l'esprit.

– Je ne vois pas d'autre solution pour nous retrouver. Il n'y a qu'ici que nous serons tranquilles et personne ne trouvera cela bizarre, tu comprends ?

Il y a entre les mots, derrière la voix et le regard, une détermination, une stratégie d'adulte qui m'impressionne. Mais c'est très bien, je n'ai rien à organiser, il pensera à tout.

Des bruits résonnent dans le couloir. Fabrice s'écarte de moi.

– À dix-sept heures nous serons seuls. Tu reviens à cette heure-là ? Maintenant je dois y aller.

Son regard va de mon visage à la porte. Ils arrivent pour leur cours. Le battant s'ouvre brusquement.

– Salut, Fabrice !

– On frappe avant d'entrer !

Je me retourne et j'ai le temps d'apercevoir un grand gaillard qui baisse les yeux et se sauve sans un mot.

– Reviens à dix-sept heures, je t'en supplie.

Fabrice quitte la pièce. Je ne reconnais pas sa voix qui hurle, interpelle, rappelle à l'ordre. Seul dans le bureau, l'endroit idéal pour une longue réflexion, j'essaie de retrouver le désir, l'excitation de cet été mais je n'y parviens pas. Tout est tellement différent. Il y a déjà un long moment que je suis ici, lorsqu'une intrusion brusque me fait sursauter.

– Qu'est-ce que tu fiches ici ?

Le type se tient dans l'ouverture de la porte, prêt à mordre.

– Qu'est-ce que tu attends ?

Mes yeux descendent jusqu'à ses pieds, le gauche est équipé d'une énorme chaussure orthopédique.

– Eh, tu vas répondre !

Sa gueule de vieux colonel à la retraite, ses

mains de déménageur devraient m'effrayer, mais c'est une antipathie immédiate, de l'aversion, qui prévalent, je n'ai pas envie de lui répondre. Je me lève et sors sans pouvoir éviter l'odeur âcre du garde-chiourme qui marmonne sur mon passage. Qu'est-ce que je vais faire jusqu'à dix-sept heures ? Ce rendez-vous n'a aucun charme. L'idée de revoir Fabrice dans cet endroit minable me donne envie de fuir. C'est pour lui dire cela que je vais attendre.

Retour à la salle de sport. Il n'y a plus personne. Vide et calme complet. Je pénètre une nouvelle fois dans le bureau. Fabrice ne tarde pas à arriver. En me voyant, il m'enjoint d'un geste de garder le silence, puis referme la porte sur moi. J'entends sa voix et celle du « bouledogue » de tout à l'heure. Un bruit de clé, Fabrice réapparaît.

– J'ai cru que tu ne viendrais pas.

Il est là devant moi, dans son kimono sale, les cheveux en bataille et sur son visage une expression de joie immense qui me fait sourire malgré moi.

– Viens.

Je le suis en silence. Tout en marchant il se retourne pour me regarder. Au bout d'un couloir il y a les vestiaires et les douches. En m'observant il retire sa veste. Il ne porte pas sa chaîne en or, qui ne résisterait pas aux prises de judo. Il achève ensuite de se déshabiller.

– Je suis couvert de sueur.

Pas la peine de le dire, je le vois bien.

– Tu peux pas savoir à quel point je suis heureux que tu sois venu !

Sous la douche il se savonne le corps, en faisant semblant de m'oublier. Il se lave sans me regarder. Je ne peux pas le quitter des yeux : il est tel que je l'ai vu cet été, tel que je l'imagine depuis lors. À genoux devant moi, Fabrice me retire mon pull-over, mon pantalon et je me retrouve nu à mon tour. Nous jouissons ensemble. La salle fait écho à nos gémissements. Puis nous restons immobiles, à nous regarder, couchés l'un contre l'autre.

– Je ne veux pas te forcer, jamais.

Fabrice est au-dessus de moi. Il me couvre, m'enveloppe avec douceur.

– Ce sera merveilleux lorsque nous serons de vrais amants, lorsque je pourrai venir en toi.

L'idée m'inquiète et m'excite à la fois. Nous nous douchons ensemble longuement parce que nous n'arrêtons pas de nous regarder, de nous toucher et de nous embrasser. Puis nous nous quittons, trop vite. Martine l'attend à la maison, elle ne comprendrait pas un si long retard. On se verra mercredi prochain. D'ici là, le silence.

Le soir, Marc me demande mes impressions sur ce premier cours. Je m'entends répéter ce que lui-même a souvent dit de son propre entraînement. Papa me scrute avec insistance et finit par me féliciter d'avoir trouver un loisir aussi sain. Je devine qu'il cherche à se persuader que la vie continuera comme avant, malgré son absence. Cela doit alléger son sentiment de culpabilité. En vérité, à la maison, nous ne faisons aucun commentaire sur ce départ. Chacun semble l'avoir parfaitement accepté.

Les jours se succèdent rapidement. Me voilà de nouveau devant le gymnase avec, dans mon sac, un kimono que je ne porterai jamais. De l'autre côté de la rue, j'observe les garçons sortir de leurs cours. Fabrice m'accueille en s'efforçant de ne laisser paraître aucune émotion. Aussi je suis surpris lorsqu'il me saisit à bras-le-corps et me couvre de baisers.

– Je n'ai pas cessé de penser à toi et de compter les jours.

Il me dévore des yeux. Je le rejoins sous l'eau chaude et les moments de mercredi dernier se renouvellent.

– Qui est ce type qui boite ?

Fabrice se tourne vers moi, inquiet.

– Pourquoi, il t'a vu ? Il t'a parlé ?

Je le rassure, mais je voudrais en savoir davantage.

– C'est M. Werner, un ancien légionnaire estropié, le gardien du complexe sportif. Un drôle de gars dont il faut se méfier.

Fabrice me contemple et me couvre le visage et le corps de baisers doux et légers.

– Tu es mon petit mec à moi... mon amant secret.

Quand je reste immobile et que je le regarde m'aimer, je me sens fort, d'une force et d'un pouvoir étonnants. Il me semble que Fabrice m'appartient plus que je ne lui appartiens. Il suffirait d'un mot, une phrase pour que je le blesse. Quand il me parle, avant ou après l'amour, sa voix tremble un peu, alors que je me sens tellement serein, heureux d'être aimé à ce point. Je lui rend ses caresses, je l'explore, lui si blond, si musclé, et je le sens frémir sous mes doigts, sous mes lèvres. J'apprends par cœur ce corps d'adulte qui va hanter mon sommeil, s'imposer à moi : à table, en famille, au milieu d'un cours...

– Langlade ! À quoi tu penses ?

C'est le professeur de mathématiques qui me rappelle à l'ordre. S'il savait ! Je suis sur un tatami avec l'homme qui me fait jouir toujours plus à chaque rencontre. C'est moi qui tremble, cette fois-ci, et qui m'efforce de chasser ces images et de calmer le désir qui enfle entre mes cuisses.

Jeudi matin, un garçon apporte au lycée une revue porno épaisse comme un annuaire. Il l'a volée à son grand frère. Nous sommes là, six ou sept jeunes idiots, à tourner les pages, dans un coin retiré de la cour de récréation. Je suis le moins puceau du groupe, c'est certain. Des gros plans quasi anatomiques défilent sous nos yeux. Puis viennent les pages consacrées aux hommes entre eux. Les commentaires changent : rires, dégoût. D'ailleurs, on ne s'y attarde pas. On retourne vite aux ébats de papa et maman. Je m'éclipse discrètement, laissant ces futurs baiseurs à leur excitation et à leur intolérance.

C'est une journée sombre. Je me sens étranger à mes camarades de classe, prisonnier de mon secret, muré dans une solitude qui garantit cependant ma tranquillité. En plus, papa nous quitte demain. Il s'efforce de dissimuler sa joie mais il a des expressions qui le trahissent.

Vendredi soir. En revenant du lycée j'aperçois papa dans le salon, son manteau sur les épaules, deux valises à ses pieds. Maman s'affaire. C'est elle qui le conduit à l'aéroport. Élise essuie des larmes qui disent que huit mois c'est long. Papa lève les bras, un signe à traduire comme on veut. Marc, les mains dans les poches de son pantalon, tourne en rond, comme à chaque fois qu'il est ému. Il a envie de pleurer mais il serre les dents. Plutôt crever que de laisser paraître son émotion. C'est bon pour les gonzesses ! Pudeur et fierté stupides. Dans ces moments-là, je le déteste. Maman ? Je ne sais pas. Que se diront-ils dans le hall de l'aéroport ? Pour l'instant rien ne se lit sur ses traits. Moi, je ne suis pas ému.

J'ai seulement envie de m'approcher de papa et de lui dire en face :

« Salaud ! mémé Lilette a raison. On ne part pas au bout du monde pendant huit mois, en laissant trois enfants derrière soi. » J'ai treize ans, et même si ce père-là n'est pas souvent à la maison, même s'il ne parle pas beaucoup, j'ai besoin de le savoir ici, accessible. « Salaud ! » C'est le seul mot qui me vient au moment où je l'embrasse en lui disant de ne pas s'inquiéter, qu'on s'en sortira sans lui. Évidemment, nous n'avons pas le choix.

Fabrice, Fabrice et encore Fabrice. J'ai envie de le voir, de murmurer son prénom, d'entendre sa voix, de sentir ses mains... Il est tout entier dans mon esprit, comme s'il était le seul remède à ce qui m'arrive.

Mercredi, dix-sept heures, c'est devenu un rituel. Un rendez-vous par semaine, c'est peu. L'attente attise le désir pendant six jours, jusqu'à l'insupportable. J'en perds le sommeil et me surprends à serrer mon oreiller en imaginant sa présence près de moi, toute la nuit.

Octobre, novembre... Mais comment n'ont-ils rien deviné ? C'est incroyable !

Je me sens tellement idiot, tellement ailleurs, que cela doit se voir comme une tache au milieu de la figure. Les professeurs m'ont repéré : « Hé ! Langlade ! C'est ici que ça se passe, ici ! » Le dos cassé sur une chaise inconfortable, dans une salle grise et remplie d'élèves devenus lointains, je suis indifférent à tout ce qui se dit là-bas, vers le tableau, où je devine à travers le brouillard de mes désirs, les profs qui s'agitent. Je suis largué, je m'en rends compte. Je n'ouvre plus aucun livre, ne prends plus une note. Que m'importent ces règles et ces discours répétés jusqu'à l'abrutissement, la nausée. L'école n'est plus qu'une prison, un univers carcéral qui assassine mes libertés, étouffe mes désirs. Dans cette obscurité, une seule lumière : Fabrice. Haute et belle silhouette blonde à la peau dorée, aux puissants bras d'homme qui s'ouvrent pour m'accueillir chaque mercredi. Pendant une heure, une heure seulement, le monde n'existe plus. Seuls demeurent deux êtres, Fabrice et moi, protégés par les murs du gymnase, nos corps et nos têtes sur des coussins, et nos caresses, nos chuchotements à l'oreille, nos souffles mêlés et nos baisers. Mon sentiment de liberté est violent, avoir attendu si longtemps et contenu tant de désirs, douloureusement, me bouleverse à chaque fois et je pleure. Fabrice ne dit rien. Il comprend. Je vois les mêmes larmes couler de ses yeux bleus.

Fabrice et moi ce n'est pas seulement notre jouissance partagée. Pas seulement. Ce sont des minutes trop courtes à nous sonder jusqu'au fond de l'âme, à nous émerveiller d'être ensemble, heureux de la même manière au même moment. Il y a une telle magie à cela, que je n'arrive pas à y croire.

Décembre. Premier bulletin trimestriel. Catastrophique, c'est le mot employé par tous ceux qui gravitent autour de moi, dans un cercle que je vois s'éloigner de plus en plus : professeurs, famille... J'avance comme un somnambule, de plus en plus étonné de constater que la terre est peuplée d'individus préoccupés par des soucis qui me sont totalement étrangers. Ma vie recommence chaque mercredi à dix-sept heures, pour s'achever une heure plus tard. Le reste est une longue attente, un effroyable enfermement en moi-même, que je supporte héroïquement.

Maman a posé le bulletin sur la table, avec lenteur. Suivent de longues minutes nécessaires à la réflexion qui précède la sentence.

– David... Peut-être ton père et moi sommes-nous responsables...

Long silence, puis :

– Nous ne parlons pas assez tous les deux. Depuis que ton père est parti, je te vois changer, tu as l'air absent. Il ne faut pas lui en vouloir, on ne choisit pas toujours dans la vie... David ! tu m'écoutes ?

Non, je l'entends au loin. Je vois son beau visage de mère-courage, qui affronte ses responsabilités.

– Oui, bien sûr que je t'écoute.

– On dirait que tu te fiches de tes résultats...

Sa main droite désigne le bulletin échoué sur le meuble, un relevé de notes honteuses, une feuille administrative que ni elle ni moi n'osons toucher.

– Qu'est-ce que je vais dire à ton père ? Lui qui voudrait tant que vous réussissiez vos études, tous les trois.

Un petit rire s'échappe de ma gorge, malgré moi.

– Tu en doutes ?

Elle devient grave. Est-elle aussi navrée qu'elle en a l'air ? Je ne sais pas. Aujourd'hui cela n'a aucune importance, rien ne peut me toucher, me réjouir ou me révolter. Je suis une ombre douloureuse qui attend mercredi, dix-sept heures.

Des veines bleues qui transparaissent sous la peau d'un adulte grand et fort. Je me dis que ce sang qui palpite sous mes doigts pourrait circuler pour une ou un autre que moi, que c'est un honneur, un bonheur immense que de retenir l'attention d'un homme quand on n'a que treize ans. Il devrait avoir d'autres choses à faire, d'autres gens à voir... Pourtant il reste là, tendu contre moi. Et je deviens une sorte de dieu, chaque mercredi.

Je suis devenu son amant. Totalement. Je n'aurais jamais cru pouvoir accueillir sa force, la violence de son désir. Pourtant, au bout d'une infinie patience, j'ai reçu en moi sa jouissance. Lorsque nos corps sont épuisés, je reste dans ses bras qui me bercent, le visage dans son cou. Je sens sa peau se tendre sous mes lèvres lorsqu'il me dit que personne ne me fera de mal, jamais, que ce n'est pas possible, tant qu'il sera près de moi.

Ensuite j'ai du mal à prendre conscience que je suis dehors, dans la rue, et que Fabrice monte dans sa voiture pour rejoindre Martine et Pandora. Combien y aura-t-il de mercredis ? Je les compte dans le bus qui me ramène rue Lamalgue.

Le sommeil me fuit. J'essaie d'y voir clair, mais ce n'est pas facile. Il y a l'éblouissement, quelque chose qui ressemble au bonheur, mais aussi l'angoisse, une douleur sourde qui gâche tous les autres jours de la semaine. Mon regard sur ma famille a changé. Ai-je cessé de les aimer ? C'est comme si je n'avais plus besoin d'eux, qu'ils étaient devenus inutiles puisque tout l'amour dont j'ai besoin vient d'ailleurs. Chaque soir, à table, je me sens en compagnie de trois étrangers. Quelquefois je surprends dans ma direction des coups d'œil inquiets de ma mère. Hier soir, Élise et Marc étaient tout souriants, plus animés que d'habitude. Maman m'a saisi le bras.

– Eh bien ? Cela ne te fait rien ?

– Quoi donc ?

– Tu n'as pas entendu ?

Élise explose :

– Papa sera là pour Noël ! Les fêtes avec papa, tu imagines !

Je me suis forcé à sourire à chacun pour prouver ma joie. Je dois être un mauvais comédien parce qu'un léger froid s'est installé.

Élise et Marc étaient à leurs commentaires, mais maman ne me quittait pas des yeux.

– À quoi penses-tu, David ? On te parle, tu n'entends pas.

J'ai haussé les épaules.

– Ben alors, vieux, t'es amoureux ? Y'a pas de honte à ça !

Ils ont ri. Maman aussi. Elle n'avait pas imaginé cette éventualité qui brusquement lui a semblé une hypothèse envisageable, une explication rassurante, parce que l'air, autour de la table, est devenu plus léger.

Papa sera là à Noël. Le nez dans mon dessert, je ruminais l'inquiétant constat de mon indifférence, pendant que tous trois exultaient de bonheur. Je ne les supporte plus. Il ne faut pas se mentir, jamais. Aux autres oui, on n'arrête pas, mais pas à soi-même. Tout me semble faux. Une vaste comédie. Un Noël en famille ! Je ne pourrai pas l'endurer, je ne pourrai pas. Élise s'est inquiétée :

– C'est tout l'effet que ça te fait ?

– Il n'est parti que depuis quatre mois...

Silence, stupeur contenue. Alors j'ai rejoint ma chambre. Un cours à réviser pour demain. Tu parles ! Il y a des semaines que je n'ai pas ouvert un livre. Je veux seulement m'isoler, les laisser à leur joie, à leurs projets. J'ai besoin d'être dans l'obscurité pour réfléchir au désordre qui règne en moi, et aux ravages provoqués par une heure de bonheur absolu chaque semaine.

Que vais-je devenir ? Mille rêves me traversent l'esprit : Fabrice se sépare de Martine et nous fuyons ensemble pour vivre notre amour loin de tous. C'est le scénario qui me rend le plus heureux, qui m'apaise et m'aide à trouver le sommeil. J'entends parfois une petite voix que je réprime dès qu'elle s'élève, qui me dit : « Qu'es-tu en train de faire, David ? Plus rien n'existe en dehors de tes rendez-vous hebdomadaires. Ton année scolaire est foutue ! Où te mène cette histoire ? »

Si je me laissais toucher par ces assauts moralisateurs, je deviendrais fou. Je suis au bord d'un précipice, je le sais, mais je ne veux pas qu'on me le dise. Tant que personne ne hurlera : « Attention ! » je n'aurai pas peur de ce gouffre sous mes pieds. Pour l'instant je ne peux pas contrôler en même temps le bonheur et la terreur. Je ne peux pas, c'est au-dessus de mes forces. Fabrice me dit toujours : « Personne ne te fera jamais de mal, parce que je suis là. » Quand il me dit cela, des larmes troublent le bleu de son regard et une telle force m'entoure ! Je sais que dans ses bras, rien ne peut m'atteindre. Rien, ni personne. Fabrice c'est le prénom qui coule dans mes veines nuit et jour. Je ne savais pas qu'on pouvait aimer aussi fort.

Intolérable, je n'ai pas d'autre mot pour définir l'air qu'il me faut respirer au lycée. Je vis des heures de solitude absolue, j'écoute des discours qui m'exaspèrent et je côtoie des garçons capables de me lyncher s'ils apprenaient mon secret. Il y a dans les conversations, dans les attitudes de ces jeunes loups, toute la violence et l'intolérance du monde. Lundi, au milieu d'un cours, je me retourne vers mon voisin de table le temps de murmurer : « Je vais dégueuler ! » et je sors pour vomir dans le couloir. Le professeur apparaît sur le pas de la porte.

– On va vous accompagner à l'infirmerie.

Je pars en courant. Surtout pas de « on » pour m'accompagner, pas d'infirmerie non plus. Être seul avec moi-même, c'est tout. Je reste un long moment dans les sanitaires déserts, à essayer de maîtriser mes tremblements et à rassembler assez de courage pour finir cette journée au milieu des autres. Des heures interminables, le ventre vide, fiévreux, blessé, et toujours cette peur sourde, qui grandit lentement.

Mercredi, dix-sept heures, avec Fabrice. Perdu dans ses bras, je ne peux plus contenir des mois de tension. Je crâne toute la semaine, je fais comme si ma vie d'écolier se déroulait normalement, mais ici contre Fabrice, à respirer son odeur, mes yeux dans les siens, ce n'est pas la peine de faire semblant.

– C'est de ma faute. Je pense souvent à tout ce que tu dois taire. Moi aussi je suis condamné au silence, mais pour moi c'est plus facile.

Il a tout compris.

– J'aimerais tellement te transmettre un peu de ma force pour t'aider à tenir.

Je n'ai pas vraiment envie de faire l'amour mais son désir à lui est violent et le satisfaire est un pouvoir inépuisable.

– Comment ferons-nous pour nous voir, pendant les vacances de Noël ? Quinze jours de séparation, tu pourras supporter ?

Ce n'est pas une mince question. J'essaie d'imaginer les prochaines semaines sans Fabrice. Je lève les yeux vers le miroir du gymnase qui réfléchit notre couple. À cette image se superposent les visages de toute ma famille, et moi au milieu d'eux.

– Deux semaines, non, je ne tiendrai pas.

Il sourit et sa main se pose sur ma nuque.

– J'ai eu très peur que tu me dises que

quelques jours de séparation ce n'est rien...

Il nous reste peu de temps mais on fait l'amour, une fois encore. Nous nous verrons samedi 22 décembre. Fabrice ne travaillera pas et nous trouverons chacun un prétexte pour nous retrouver sur le port en début d'après-midi.

Papa est arrivé hier soir. Après quatre mois de séparation nos retrouvailles ne me bouleversent pas, mais je fais semblant. Il faut dire que l'enthousiasme d'Élise et de Marc est communicatif. On se retrouve à nouveau tous les cinq. Nous en avions perdu l'habitude et nous n'arrêtons pas de nous cogner, comme si la maison était devenue soudain trop petite, ou que nos pas s'étaient élargis, habitués à plus d'espace.

L'URSS en long et en large, deuxième version pour Lilette et Baptiste, alors je sors dans le jardin où je retrouve Fifi. Lorsque je reviens dans le salon tous les visages se tournent vers moi. Je ne m'y attendais pas et cela me glace le sang. Une sueur froide dans le dos et le feu aux joues. On viendrait de me condamner à mort que je ne serais pas plus surpris.

– Seulement un peu maigri...

C'est la voix de papa que j'entends. Je me tourne brusquement pour cacher mon trouble.

– C'est certain, il maigrit...

Mémé Lilette voit tout, comprend tout. Je retourne dans le jardin. Instinctivement je regarde le portail. M'enfuir, là, tout de suite, comme Fifi qui vient de se glisser entre la marche et le battant pour rejoindre la rue. L'air vif me rafraîchit et me donne une couleur normale. Je compte les jours mentalement. Encore sept avant de revoir Fabrice. Un véritable parcours du combattant. Une semaine en famille, les uns sur les autres, avec en plus mes grands-parents qui vont être souvent là. Comment vais-je faire pour tenir ?

J'ai tenu, je tiens, je tiendrai. Ma devise désormais. En arrivant sur le port j'aperçois sa voiture et sa silhouette au volant. J'ouvre la portière, je m'assois. La voiture démarre et j'observe Fabrice dans son blouson de cuir, son pantalon de toile. Je devine ses cuisses, son sexe qu'un simple kimono voilait à peine lors de nos derniers rendez-vous. Tout en conduisant, Fabrice essaie de me regarder le plus possible.

– Il y a longtemps que tu ne m'as vu habillé ainsi, en « civil ».

Nous rions.

– Où va-t-on ?

– Dans la nature, loin du monde, sur le chemin qui mène à la pointe des Saintes.

Je pose ma main en haut de sa jambe pour ne pas être seulement un passager silencieux à côté du chauffeur. Le mistral souffle sur la garrigue. Les genêts résistent aux à-coups et la mer vire du vert au bleu. J'ai tellement envie de lui, mais pas ici, dans cette voiture. Je me résigne, cela n'a pas d'importance, je suis heureux simplement d'être à côté de Fabrice.

– Ton père est revenu ?

Il le sait déjà, mais je sens qu'il a envie de parler. Alors je lui dis encore une fois la difficulté de vivre comme s'il n'y avait rien de particulier dans mon existence. L'obligation de taire ce qui me rend heureux, la nécessité de tuer la moitié de moi-même pour continuer d'évoluer au milieu des autres comme avant, comme un fils, un frère ordinaire, un garçon sans histoire. Je lui confie mon envie de hurler, de fuir. Fabrice m'écoute, son visage près du mien. Il m'écoute et comprend.

– J'ai peur de te faire du mal... Je pense souvent à ça, la peur de te faire du mal. Je t'imagine, seul au milieu d'eux.

– Je crois toujours que mes pensées sont écrites sur ma figure, alors je n'ose plus regarder les gens en face. Depuis quelque temps on me trouve bizarre.

Fabrice refléchit un long moment.

– On peut mentir ou dissimuler un secret toute une vie. Il ne faut pas se croire coupable, d'ailleurs qui est innocent ? Qui n'a pas quelque chose à dissimuler ?

Il semble se parler à lui-même. Ma tête sur

son épaule le ramène à l'instant présent et nous restons comme cela, sans bouger. Je tourne et retourne une question dans ma tête depuis un certain temps. Je ne sais s'il faut la poser, si je dois... Va-t-il me répondre ? Je peux tout demander à Fabrice, mais peut-être que la réponse me fait peur, que je n'ai pas envie de savoir et puis finalement :

– Fabrice, pourquoi m'aimes-tu ? Pourquoi moi, alors que tu es marié et que...

Fabrice me regarde avec toute la tendresse du monde, me sourit doucement, cherche au plus profond de lui les mots pour me dire sa vérité. Je le vois scruter l'horizon du côté de la mer qui se reflète dans ses yeux avant d'exprimer ce qui semble si difficile.

– Ta jeunesse, ta fragilité... Mon plus grand bonheur est de te voir heureux, de te protéger. Tu sais, on pourrait rester comme ça sans jamais faire l'amour. Je suis fou de joie quand tu te blottis contre moi, comme maintenant.

Je lui parle de Martine, de Pandora, sur son visage je lis le chemin de ses pensées, la recherche de réponses qu'il ne possède peut-être pas.

– C'est comme si je te donnais tout ce que je n'ai pas eu à ton âge. Tout ce que j'ai attendu. Tu comprends ?

Non, j'ai du mal à imaginer et dans ses yeux je ne lis plus rien parce que des larmes troublent le bleu de son regard.

– Auprès de toi je suis une grande personne et aussi un petit garçon, quelque chose comme ça... Je ne peux pas t'expliquer, à quoi bon chercher à comprendre ?

N'essayons plus. Restons dans les bras l'un de l'autre. Réfléchissons. Je pense à ceux que je suis censé aimer, ma famille, et je m'interroge sur leurs gestes, leurs baisers si rares. Et si l'amour c'était des caresses attendues en vain, des soifs d'enfant que l'adulte tente d'assouvir tout au long de sa vie... Si ce n'était que cela ?

Avec lui je n'ai plus peur de rien. Et comme je le lui dis, il me répond :

– Alors on est bénis mon vieux, tu entends, on est bénis tous les deux.

Ce que je n'ose pas lui avouer, c'est qu'en le quittant tout à l'heure j'aurai à nouveau peur, comme après chaque séparation.

Sur la route du retour Fabrice s'arrête au gymnase pour récupérer des documents administratifs. Les salles sont désertes et froides.

– Je sais que ce n'est pas l'endroit rêvé pour abriter des rendez-vous d'amour.

Comment fait-il pour lire en moi ? C'est exactement ce que je suis en train de me dire, ces pièces vides, grandes comme des hangars, avec cette odeur indéfinissable qui caractérise ce genre d'endroit.

– Ici, dès qu'on s'arrête de bouger, on a froid. Ce n'est pas un endroit pour rester inactif.

Je souris au sous-entendu de sa remarque. Je me blottis contre son torse. Fabrice a toujours chaud. Il regarde sa montre : seize heures trente.

– Qu'as-tu donné comme excuse pour t'absenter ?

– Rien de particulier, une balade en ville... Et toi ?

– Eh bien, ces papiers que nous sommes venus chercher.

Dans le bureau Fabrice récupère un porte-document puis se plante devant moi, dégrafe ma chemise. Comme je fais le geste de me déshabiller, il m'arrête.

– Non, on n'aura pas le temps.

Puis il défait son pantalon. Les cuisses ouvertes, Fabrice m'offre sa verge. Cet échange qui nous rend fous tous les deux est bref, parce que nous jouissons très vite. Fabrice se retire alors soudainement et j'entends une voix forte résonner dans le bureau. M. Werner nous contemple, effaré, dégoûté, ses yeux de molosse fixés sur nous, la gueule béante, devenu muet de stupeur. Je n'ai rien entendu, je ne l'ai pas vu venir. Comment est-ce possible, lui dont la chaussure orthopédique heurte le sol si bruyamment ? Puis sa silhouette apparaît, immense, à côté de moi. Fabrice quitte le bureau et court dans le couloir à la poursuite de M. Werner. Ils sont déjà loin tous les deux. Le boiteux n'a jamais marché aussi vite.

Je réajuste mes vêtements. Mon cœur bat à se rompre parce que je viens de comprendre le danger. Il n'y a rien à espérer de la part du gardien, rien, parce qu'il est l'ennemi du genre humain dans son entier, parce qu'il est ici pour garder, ranger, fermer les portes, éteindre les lumières, faire régner l'ordre. Il ne faut espérer aucune compréhension, aucune complicité. Je ferme les yeux sur l'angoisse qui vient de m'envahir et quand je les ouvre à nouveau, Fabrice est en face de moi, livide et hagard. Il lève les bras et les laisse retomber en signe d'impuissance. Nous restons là tous les deux, Fabrice face au mur qu'il martèle de ses poings et moi recroquevillé sur une chaise. Nous demeurons figés, un long moment, parce qu'il faut du temps pour contenir notre honte, notre humiliation et la peur qui me donne envie de hurler.

Fabrice se tourne vers moi, le visage inondé de larmes.

– Ce salaud a signé notre arrêt de mort. David, pardon... Pardonne-moi. Tout ça est de ma faute, j'aurais dû penser à lui, à ses tours de garde. Je n'ai pas réfléchi !

Fabrice sanglote, me demande mille fois pardon et moi je me dis qu'il n'y a plus rien à espérer puisque Fabrice est vaincu, plié en deux à mes pieds. « On est perdus ! » Je ne cesse de me répéter ces mots sans mesurer totalement ce qu'ils cachent.

– Maintenant, il faut rentrer chacun chez soi, peut-être qu'il ne dira rien, peut-être...

Pour Fabrice il n'y a aucun espoir. Il me regarde longuement.

– Ils ne pourront pas te faire de mal. C'est moi le coupable. Je ne les laisserai pas te nuire ni te blesser.

En rentrant à pied je respire profondément pour m'étourdir, pour étouffer la frayeur qui grandit au creux de ma poitrine. Marc me jette un regard rapide.

– Où étais-tu ? Maman commençait à s'inquiéter.

Ce que j'ai pu faire, lui il s'en fiche. Je pense à l'angoisse de maman. En me voyant entrer dans le salon elle tourne la tête.

– Te voilà enfin.

Rien d'autre, pas de question ni de commentaire. Je suis obligé de m'asseoir parce que mes jambes ne me portent plus. Maman m'apprend la visite, ce soir, d'un couple d'amis que je connais à peine. Tant mieux, il y aura du monde, du bruit, je pourrai raser les murs, me tapir dans un coin, rester silencieux sans que personne s'en aperçoive.

Dormir ? Impossible. Les mêmes images, inlassablement : Werner, là, sur ma droite, déhanché par son énorme chaussure d'infirme, avec sa gueule de SS qui se lève puis se baisse dans un ridicule mouvement d'horloge, du visage de Fabrice vers le mien. « Il a signé notre arrêt de mort ! » Au milieu de la nuit, dans la maison sans bruit, j'entends cette phrase. Je l'entends vraiment comme si Fabrice était près de moi. Mes volets sont restés ouverts. Dehors l'obscurité est profonde. Je regarde mes mains qui tremblent, la terreur au creux du ventre. Werner va garder le silence, ce n'est pas possible autrement, parce que s'il parle je n'ai plus qu'à me jeter par la fenêtre. Fabrice exagère. Oui, c'est cela. D'ailleurs, qui voudra croire un vieux salaud détesté de tous ?

Dimanche 23. Je me sens fiévreux. Je sors de mon lit assez tôt parce que mes grands-parents viennent déjeuner. Lilette me soulève la tête par le menton, comme je l'ai vue faire avec les fleurs du jardin pour les regarder droit dans le cœur.

– Qu'est-ce que tu as ? Il s'en passe des choses dans ce crâne !

Sorcière, t'es qu'une sorcière. Capable de tout deviner, tout comprendre.

– C'est rien, je viens de me lever, voilà tout.

Je pars presque en courant et je sens dans mon dos son regard qui m'accompagne jusqu'au jardin. Les fêtes à venir, l'URSS, les projets de chacun... Je n'écoute rien ni personne dans ce bourdonnement de ruche qui m'étourdit. C'est la comédie des réunions familiales où chacun raconte à l'autre ce qu'il sait déjà. Je m'efforce d'avoir l'air attentif, de manger et de trouver bon tout ce que maman a cuisiné, elle qui déteste être aux fourneaux. Je m'oblige à sourire, à être bien, tout simplement, alors que je suis le seul à savoir qu'une bombe à retardement est prête à exploser au milieu de nous. Le détonateur, c'est moi. Je suis celui par qui la honte va venir, celui qui peut détruire notre famille. Je n'arrête pas de penser à Fabrice. Si je pouvais le voir maintenant, ne plus être isolé.

Au milieu de l'après-midi, je m'échappe. Sur le trottoir il y a une cabine téléphonique. Je compose le numéro des Villeneuve. La sonnerie retentit plusieurs fois, je ne sais pas ce que je vais dire. Je m'en fous, je veux entendre sa voix. C'est Martine qui répond. Je reste là comme un imbécile jusqu'à ce qu'elle raccroche et, dans la rue déserte, par un beau dimanche ensoleillé, je perds tout espoir à l'idée de retourner dans cette maison que j'aperçois un peu plus loin.

Mercredi 27 décembre. Ces fêtes sont insupportables. Des cadeaux, des rires, des lumières, une famille réunie, et une envie de fuir qui ne me quitte pas une seconde.

Quatorze heures. Je suis enfermé dans ma chambre avec un livre que je n'arrive pas à lire. Mes yeux reviennent sur des lignes déjà parcourues. Mon esprit est totalement ailleurs. Élise et Marc sont sortis pour la journée, je ne sais où. Ils me l'ont dit mais je n'ai rien retenu. J'ai l'impression que la peur, toujours elle, a remplacé toutes mes fonctions vitales, qu'il n'y a de place pour rien d'autre.

Le téléphone sonne au rez-de-chaussée, quelqu'un décroche. Je tends l'oreille mais ne perçois aucune conversation. Une sonnerie et puis le calme absolu dans la maison, un silence rassurant qui s'éternise comme si le temps s'était arrêté.

La porte de ma chambre s'ouvre. Papa est là, debout. J'attends une parole, un geste mais il est planté devant moi et me regarde fixement. Il fait quelques pas dans la pièce, se dirige vers la fenêtre, les yeux fermés, les lèvres closes derrière sa main droite. Qu'est-ce qu'il fait ici, comme entré en lui-même ? Je vois sa main gauche le long de son corps, trembler légèrement. Dès qu'il se tourne vers moi, je sais qu'il a tout découvert.

– C'est quoi ces rendez-vous avec Fabrice, le mercredi après-midi ?

Le sang cogne à mes tempes, et semble quitter mes jambes et mes bras qui se glacent brusquement. Maintenant papa se met à hurler, je n'arrive pas à comprendre tous les mots qu'il me jette à la figure.

– Il t'a forcé ? Dis-moi, il t'a forcé ?

Je m'entends répondre d'une voix sourde que je ne reconnais pas, qu'il ne m'a pas obligé, non je n'ai pas été forcé. C'est l'aveu, c'est le poignard planté dans sa poitrine. Je suis recroquevillé dans l'angle d'un mur et lui est à quelques mètres de moi, chancelant, comme assommé. L'aversion, la haine sont dans ses yeux que je ne peux plus regarder parce que c'est insupportable. Je n'aurais jamais imaginé qu'il puisse poser sur moi un tel regard, lui, mon père. Je ne l'ai pas vu s'approcher, pourtant ses deux mains me saisissent par les bras pour me traîner par terre si brusquement que je n'ai pas le temps de résister, puis son poing s'abat sur ma figure. Une seconde d'évanouissement peut-être et les cris de maman qui le supplie d'arrêter. Au moment où je recouvre mes esprits, il sort en courant de ma chambre. Maman est devant moi, le visage défait, les yeux ruisselants de larmes, elle se tient la gorge comme pour contenir sa nausée.

Je me relève tant bien que mal dans la chambre vide, ils sont en bas tous les deux, j'entends leurs voix. C'est étrange mais je me sens bien, si ce n'est cette douleur aiguë sur la pommette gauche.

Voilà, c'est fait. Je ne pense pas à l'avenir, je constate simplement que je n'ai plus cette angoisse qui me noue le ventre depuis plusieurs semaines. Je ne tremble plus, je suis soulagé d'un poids trop lourd à porter.

Werner a appelé, il a dit ce qu'il a vu. Cela n'a plus d'importance, je suis libéré d'un secret, c'est l'essentiel.

Dans la même journée il y a la réaction de Marc, horrifié, révolté que cela ait pu arriver dans sa famille, à son propre frère.

– Comment peut-on faire ça ? Entre mecs...

Des questions pour essayer de comprendre ce qui le dépasse et le dégoûte.

– Tu sais ce que tu es ? dis, tu le sais ?

Je baisse la tête pour mieux encaisser l'avalanche d'insultes. Il y a des cris, des menaces, des coups de téléphone. Papa se rend chez les Villeneuve qui ont reçu un appel, eux aussi, de

Werner. Lorsqu'il arrive, Fabrice est seul, Martine s'est enfuie avec sa fille.

– Il n'a pas cherché à nier. Il a tout reconnu, tout, le salaud !

Je ne saurai jamais rien de plus de leur tête à tête. Les jours suivants je reste dans ma chambre, l'esprit vide, incapable d'éprouver un quelconque sentiment de honte ou de révolte. Puisque personne ne m'adresse la parole j'essaie de saisir quelques événements de loin en loin. Mes parents ont l'intention, vite contenue par la crainte du scandale, d'intenter un procès pour détournement de mineur. Il y a leur silence, à eux quatre, aux heures des repas autour d'une table où je ne suis pas. Isolé à l'étage, j'avale mécaniquement les plats qu'Élise m'apporte sans rien dire, son regard évitant le mien.

Papa retarde son départ de trois jours. La journée du 31 je marche sans but dans les rues, je flâne sur le port. J'hésite devant la maison de mes grands-parents mais je renonce à toute visite. D'ailleurs, eux qui savent tout maintenant, ne font rien pour m'approcher. Alors je rentre à la maison qui devient muette dès que j'en franchis le seuil.

Papa me rejoint dans ma chambre. Sans me regarder, il m'annonce le verdict familial : je vais terminer ma scolarité dans un pensionnat, loin d'ici, à la montagne. Toutes les dispositions ont été prises.

Le 1er janvier il m'accompagne à la gare jusqu'au train à destination de Grenoble. Mes horaires, les itinéraires me sont expliqués. Comme un automate je m'exécute. Au moment de quitter la rue Lamalgue, Élise me rattrape.

– On s'écrira, j'ai ton adresse.

Je reçois ses baisers, les seuls qui me sont donnés. C'était il y a trente ans.

Triste ville ce soir : voilà ce qui retient mon attention quand j'arrive ici pour la première fois, quelques mots taggés sur le mur d'une bâtisse délabrée, près d'un commerce à céder. C'est une sous-préfecture à la tombée du jour. La banque pour laquelle je travaille depuis quinze ans ouvre une succursale. Je suis chargé de sa mise en place et de sa prospérité. Le taxi me dépose devant l'*Hôtel des princes*, un deux étoiles sans éclat. La directrice est aimable et ne cesse de sourire depuis que je lui ai confié le but de ma venue. Le dîner est copieux, cuisine familiale. Dans quelques jours l'appartement de fonction qui m'est attribué sera prêt pour me recevoir. Les travaux ne sont pas terminés.

– Vous savez, à vingt et une heures, il n'y a plus un seul café ouvert !

Tant pis, je sors dans la nuit, parcourir des rues inconnues et vides. L'obscurité et une petite pluie fine accablent la ville qui paraît déserte.

Place aux herbes. Les réverbères éclairent un espace sans charme que je traverse en frissonnant un peu.

Rue Pierre Léon. Un long ruban d'asphalte sombre et humide court vers nulle part, jusqu'aux limites de l'agglomération probablement. Je retrouve le tag aperçu en arrivant. On ne voit que lui. Il semble être là comme un avertissement. Je suis seul dans ces rues endormies où résonne le bruit de mes pas sur les trottoirs mouillés. Les restaurants sont fermés. Au fronton d'une façade verte je lis : *Chez Fabrice.* Je souris et m'attendris un instant à l'évocation d'un visage caressé un jour, il y a longtemps. Cette nuit je ne trouverai pas le sommeil. C'est toujours ainsi lorsque mes habitudes sont bouleversées. Je dois m'habituer à l'idée que je vais vivre ici, dans cette cité inconnue. Va-t-elle me plaire ? Va-t-elle m'accepter ?

Je sais que le travail peut faire oublier le vide d'une existence. Les heures de bureau qui ne se comptent plus, une assiduité pleine de zèle que l'entourage appelle « conscience professionnelle », alors qu'elle n'est qu'une fuite, la seule esquive possible à la solitude.

Qu'importe la ville, qu'importent les gens, une banque est une banque. Je suis ici pour la faire fonctionner, où est le problème ? Il n'y en a pas. Travailler, je ne sais faire que cela. Après l'ouverture de l'agence je viendrai goûter la cuisine de *Chez Fabrice*... Découvrir des restaurants inconnus, c'est une occupation comme une autre.

Mon manteau est mouillé mais il n'est pas question de rentrer, pas encore. Cette nuit les lieux m'appartiennent.

On retrouve partout les mêmes adresses : rue de la République, de Strasbourg, de la Libération... rue de Provence. Je reste là bêtement, sous cette plaque bleue en émail. Trente années d'éloignement. C'est fou ce que le cerveau peut faire défiler comme images en très peu de temps. La rue Lamalgue, la maison des grands-parents et tous les chats du quartier dans un ballet silencieux. Ses yeux noisette, à elle, qui regardent au-delà des choses et des gens. Lilette aux idées larges et libres, comment a-t-elle appris et compris mon départ précipité ? Qu'a-t-elle dit ? Je ne sais rien de tout cela, de la vie qui a continué sans moi. Lilette est morte il y a vingt ans. On m'a interdit d'aller à ses funérailles, ainsi qu'à celles de Baptiste qui suivit son épouse, un an après.

J'ai découvert à mes dépends la faculté qu'ont les hommes de tuer à distance, d'effacer sans remords de leur mémoire ce qui est encombrant.

La rue de Provence ne vaut pas la peine que je m'y aventure, trop étroite et trop sombre avec ses échafaudages. Un dernier regard vers la plaque le temps d'effacer un regret inutile. Sous cette pluie fine et glacée, une envie de sel, de mer et de soleil brûlant vient me tirailler les sens. J'ai beau regarder ces murs gris, mes pieds trempés, mon esprit s'obstine à inventer les bleus et les blancs qui éblouirent mon enfance, la lumière impitoyable qui oblige à plisser les yeux et fait apparaître des rides précoces.

H. WERNER – ARMURERIE. Incroyable ! on dirait que tout mon passé se déroule devant mes yeux, que chaque rue, chaque vitrine fait défiler le générique de ma vie. La boutique est à vendre. Quelques secondes pour revoir son visage de bête, son regard assassin sur Fabrice et moi. Voilà que je m'esclaffe parce que trois personnages issus de ma mémoire sont surpris en flagrant délit. Arrêt sur image : Fabrice et moi à demi nus ; trois acteurs figés avant le branle-bas de combat. Mon rire résonne dans la rue. Je m'en fous, il n'y a plus que moi et je ris aux éclats. C'est bête, mais j'ai aussi dans la gorge un sanglot que je contiens difficilement. Mon souffle s'épuise, alors je m'arrête au milieu de la chaussée que je viens de reconnaître : rue Pierre Léon, la plus laide de la ville, la plus longue, fuyant dans l'obscurité vers le néant. Je veux retrouver la paix, cesser de marcher, ne plus entendre le bruit de mes pas sous la pluie, respirer paisiblement et me laisser pénétrer du silence absolu de la nuit. Je contemple l'horizon où cette voie déserte va se fondre... Ma vie lui ressemble.

Tous les visages que je n'ai plus jamais revus ont forcément vieilli. Les reconnaîtrais-je ? Élise vient me voir quelquefois. Mariée, mère de trois grands enfants, à la tête d'une famille que je ne veux pas rencontrer. Ils savent tout de mon histoire. Je ne veux rien expliquer, justifier.

Marc, qui va d'une femme à l'autre, se sort tant bien que mal de ses divorces et des pensions alimentaires.

Papa remarié quelque part en France. Tel père, tel fils. L'autre, bien sûr !

Élise ne me parle plus d'eux. Elle sait que moi aussi je peux tuer à distance. Un an après mon arrivée à Grenoble dans l'internat où je vécus six ans – une éternité – maman s'est enfuie avec son moniteur de plongée. Ils étaient amants depuis deux ans. Élise me l'a appris, bouleversée.

– Depuis deux ans, tu te rends compte ! Personne ne s'était aperçu de rien...

Et mon rire énorme, inextinguible, devant Élise qui a fait le voyage pour me voir. Le temps d'essuyer les larmes qu'elle verse sur notre famille éclatée, son hilarité se mêle à la mienne.

Fabrice emporta notre histoire dans sa fuite. J'ignore ce que fut sa vie, après. J'imagine le divorce, la déchirure. Mais aujourd'hui ?

Une heure du matin, il est temps de rentrer. Le gardien de l'hôtel m'attend enveloppé dans une couverture. Je m'excuse, je ne savais pas. Je prends mes clés et l'établissement plonge dans l'obscurité.

Dans un tiroir un livre a été oublié. Un manuel de botanique aux pages jaunies. J'ouvre au hasard : *Vitex agnus – castus L.* Voilà un nom qui me plaît : agneau chaste. Il y a des associations de mots surprenantes, qui font vagabonder l'imagination. Sur les images d'un petit animal innocent et vulnérable, la pensée égarée dans des concepts de chasteté et de débauche, je m'endors.

L'agneau chaste ou gattilier est un arbrisseau méditerranéen appartenant à une espèce protégée dont la récolte est interdite aujourd'hui. Dans le passé, cette plante était consommée par les moines afin de tempérer une libido bien naturelle mais incompatible avec les vœux de chasteté.

ISBN : 2-7291-1319 - 3

Composition :
Céline Waldberg

Imprimé en France
Juin 2000
Durand S.A.
9, rue du Maréchal-Leclerc
BP 69 - 28600 Luisant
02 37 24 48 00